DONNERDRACHE

EIN PARANORMALER LIEBESROMAN

DRACHEN-MILLIARDÄRSIMPERIUM BUCH 3

JADA COX

BENTIN BOOKS, LLC

Donnerdrache

Ein paranormaler Liebesroman

Drachen-Milliardärsimperium Buch 3

Jada Cox

❀ Erstellt mit Vellum

1

ANNA

Das gleichmäßige Klack-Klack von Annas Fingern auf der Tastatur lullte sie in einen gleichmäßigen Arbeitsrhythmus. Heute musste sie alle Vorbereitungen für den großen Deal abschließen, den sie zwischen einem Mandanten ihrer Kanzlei, Light Productions, und dem Mega-Technologie-Konzern InnoCell eingefädelt hatte. InnoCell wollte das viel kleinere Light Productions kaufen. Vermutlich, weil sie in den Besitz einiger neuer, bahnbrechender Produktionen kommen wollten.

Anna verstand nicht alle Details. Die technischen Einzelheiten waren in einem komplizierten Fachjargon aus mindestens drei verschiedenen Disziplinen gehalten. Für Anna war wichtig, dass Light Productions einen guten Verkaufspreis erzielte und nicht über den Tisch gezogen wurde, wie es manchmal der Fall war, wenn größere Firmen kleinere aufkaufen wollten. Seltsamerweise hatte es bisher keinerlei Schikanen vonseiten InnoCell gegeben. Alles war reibungslos verlaufen, und beide Firmen waren mit den bisherigen Vorverhandlungen zufrieden gewesen.

Das machte den Deal aber nicht weniger kompliziert.

InnoCell kaufte viel mehr als nur die Firma und ihre Vermögenswerte. Da sie die beste Anwältin der Firma Shore & Shore war, hatten Annas Chefs ihr diesen Deal anvertraut – mit allen damit verbundenen Herausforderungen.

Normalerweise würde sie einfache Aufgaben wie das Abtippen von Besprechungsnotizen einer der Anwaltsgehilfinnen oder den Assistentinnen der Kanzlei überlassen. Aber dieser Deal war viel zu kompliziert und zu wichtig, und sie wollte nicht riskieren, dass etwas schiefging. Denn wenn alles genau nach Plan verlief, würde das Annas Karriere den nötigen Schub verleihen.

Dieser Deal würde sie ihrem Traum, Partnerin in der Anwaltskanzlei zu werden, einen großen Schritt näherbringen. Anna war die Beste der Besten, und sie wollte das allen zeigen. Ihre Kollegen und Chefs hatten ihr Talent bereits erkannt, und das war von großer Bedeutung.

Aber es war die Anerkennung ihres Vaters, die für sie wirklich zählte.

Sie nahm einen Schluck von ihrem Kaffee und blätterte zur nächsten Seite ihrer handschriftlichen Notizen vom letzten Meeting. Eigentlich genoss sie es, ihre eigenen Gedanken abzutippen. Es half ihr, sich die Themen besser zu merken, und brachte sie normalerweise auf neue Ideen. Und sie hatte ein schlechtes Gewissen, jemand anderen zu bitten, ihre Notizen abzutippen, da sie so schnell schrieb, dass ihre Handschrift für andere eher wie ein unleserliches Gekrakel aussah. Sogar ihre Assistentin Clarissa, die noch am meisten mit Annas schrecklicher Schrift zu tun hatte, tat sich oft schwer damit.

Ihre Handschrift war nur eines von vielen Dingen, die ihr Vater während ihrer Kindheit und sogar noch in ihrem Erwachsenenleben ständig kritisiert hatte. Egal, was sie getan, was sie erreicht hatte – es war nie genug für ihn gewesen. Als Anna noch jung und naiv gewesen war, hatte sie gedacht, dass ein Abschluss als Jahrgangsbeste an der Harvard-Rechtsfakultät für ihren Vater ausgereicht hätte, um sie endlich voll und ganz zu akzeptieren.

Aber das hatte es natürlich nicht.

Ihr älterer Bruder hatte bereits seinen Abschluss in Harvard gemacht, sodass Annas Leistung – zumindest in den Augen ihres Vaters – nichts Besonderes gewesen war. Ihre ganze Familie – Mutter, Vater, Geschwister, buchstäblich alle – hatten Großes geleistet. Sie waren erfolgreiche Wissenschaftler, Ärzte und Chirurgen, Anwälte und Geschäftsleute; einige waren sogar Künstler und Schauspieler. Es war, als läge ihnen das Können im Blut und als wären sie alle zu Großem bestimmt. Und doch war Annas Vater aus irgendeinem Grund der Meinung, sie wäre eine Ausnahme. Sie war zum Scheitern verurteilt und wäre nie gut genug.

Sie hatte Jahre gebraucht, um sich mit der Tatsache abzufinden, dass ihr Vater sie nie akzeptieren würde. Sie brauchte weder seine Zustimmung noch die von irgendjemand anderem. Zumindest redete sie sich das ein. Aber bisweilen durchbrach ihre Sehnsucht danach, dass er eines Tages doch stolz auf sie sein würde, die Betonmauer, die sie zwischen ihm und ihr errichtet hatte.

Sie wusste nicht genau, warum sie der Meinung war, es würde für ihren Vater einen Unterschied machen, wenn sie Partnerin werden würde – oder warum sie es überhaupt wollte. Eigentlich sollte sie diesen Wunsch längst überwunden haben. Wenigstens beherrschte dieser nicht mehr all ihre Entscheidungen so wie in ihren Teenagerjahren und frühen Zwanzigern. Sie hatte dazugelernt und war klüger – zumindest meistens. Es spielte keine Rolle, was ihr Vater von ihr dachte oder ob er stolz auf sie war oder nicht. Anna war stolz auf sich, und was noch viel wichtiger war: Sie war mit sich und ihrer Arbeit zufrieden. Er konnte sie nicht mehr kontrollieren, indem er sich emotional von ihr entfernte.

Die Gedanken an ihren Vater trübten ihren angenehmen Arbeitsrhythmus, aber wenigstens war sie mit ihren Notizen fast fertig und konnte sich dann etwas anderem zuwenden. Sie musste die Dokumente vor ihrem nächsten Treffen, das bereits für morgen angesetzt war, überprüfen. Glücklicherweise hatte Anna noch genügend Zeit, um alles bis dahin fertigzustellen, sodass sie vielleicht nicht die ganze Nacht würde durcharbeiten müssen.

Sobald sie die letzten Aufzeichnungen abgetippt hatte, klingelte ihr Diensthandy. Sie schluckte den letzten Schluck ihres Kaffees hinunter und ging ran. „Hi, hier ist Anna Johnson", sagte sie.

„Annie, ich bin's, Matt. Hör mal, ich möchte mit dir über ...", sagte der Anrufer, aber Anna unterbrach ihn. Wut flackerte in ihr auf, als sie die Stimme ihres Ex-Freundes hörte.

„Das ist mein Diensthandy, Matthew. Du solltest mich unter dieser Nummer nicht anrufen. Außerdem habe ich dir gesagt, dass du mich nie wieder anrufen sollst. Klar und deutlich."

„Das hast du doch nicht ernst gemeint, oder? Das war doch nur ein Scherz ..." Matt lachte, als hätte Anna gerade etwas Lustiges gesagt, und ignorierte, dass sie vor Wut kochte. „Im Ernst, Babe, lass uns darüber reden. Es gibt keinen Grund, unsere Beziehung wegzuwerfen, als hätte sie nichts bedeutet!"

„Reden? Was gibt es da zu reden? Ich rede nicht mit Fremdgängern."

Matt gab einen verärgerten Laut von sich. „Ich habe

einen Fehler gemacht. Willst du mir das wirklich immer noch vorwerfen?"

„Einen Fehler? Darüber hättest du nachdenken sollen, bevor du dich auf der Party wie ein Erstsemester verhalten hast", erwiderte Anna. Ihre Stimme war leise und kontrolliert. Wenn sie wütend war, schrie sie nicht, sondern sie sprach mit ihrer kühlen, ernsten Anwaltsstimme. Anna war in der Kanzlei für diese Fähigkeit berühmt, und mit ihr ließ sie jeden einknicken. „Ich bin nicht diejenige, die unsere Beziehung weggeworfen hat. Wenn sie dir etwas bedeutet hätte, hättest du darüber nachgedacht, bevor du deinen Schwanz in die erste Frau gesteckt hast, die dir Avancen gemacht hat."

„Sie war die dritte, um genau zu sein. Ich bin schließlich kein Unmensch. Ich nehme nicht jede!", protestierte er, als ob das das Ganze irgendwie besser machen würde. „Du übertreibst. Ich habe mir nichts dabei gedacht. Es war nur Sex. Lass mich dich zu mir nach Hause bringen, dann erinnere ich dich daran, warum du mich liebst."

Anna schnaubte. „Du widerst mich an. Als wir uns kennengelernt haben, habe ich dir gesagt, dass du nur eine einzige Chance bei mir hast. Wenn du sie vermasselst, würdest du es bereuen."

„Ja, aber wie hätte ich wissen können, dass du das ernst gemeint hast?"

„Wie kamst du nur darauf, ich hätte das nicht ernst gemeint? Wir waren fast vier Monate lang zusammen. In dieser Zeit hättest du merken müssen, wie ernst es mir mit meinen Versprechen ist. Wenn ich etwas sage, dann meine ich es auch. Wenn du zu blind warst, das zu erkennen, ist das dein Problem, nicht meins."

Anna spielte mit dem Henkel ihrer Kaffeetasse. Sie wünschte, es wäre noch etwas darin. Es war ein Fehler gewesen, sie zu leeren, bevor sie ans Handy gegangen war. Ihre Wut kochte knapp unterhalb der Oberfläche, aber sie hielt sie unter Kontrolle und schärfte sie zu einer tödlichen Waffe.

„Du erwartest zu viel von Männern. Kein Wunder, dass dein Vater dich hasst", murmelte Matt.

„Wie bitte?" Annas Stimme wurde nur ein winziges bisschen lauter.

„Du hast mich schon gehört, Miss Daddy-Probleme. Du vergleichst jeden Typen mit deinem Vater, den du auf eine Art Podest gestellt hast. Und wann immer ein Mann dem nicht gerecht wird, behauptest du, er wäre nicht gut genug für dich. Und genau das tust du jetzt auch. Es geht gar nicht darum, dass ich mich mit einer anderen Frau amüsiert habe."

Matts Worte lösten etwas in ihr aus. Unbehagen, zum einen, aber es war vor allem seine Selbstgefälligkeit, die sie irritierte. Was hatte sie getan, um ihn glauben zu lassen, er könnte solch furchtbare Dinge zu ihr sagen und damit davonkommen? Oder war er schon immer so gewesen, allerdings auf subtilere Weise? Annas Puls raste und ihre Emotionen gerieten langsam außer Kontrolle. Wenn er vorgehabt hatte, sie aus dem Konzept zu bringen, war ihm das auf die einzige Weise gelungen, zu der ein ehemaliger Partner fähig war.

Matt hatte wohl angenommen, er könnte sie mit seinen Worten verletzen und sie dazu bringen, ihre Meinung zu ändern, damit sie zu ihm zurückkehrte. Aber da lag er falsch. Es war nur ein weiterer Beweis dafür, dass er Anna nicht so gut kannte, wie er behauptete – oder dass sie ihm überhaupt etwas bedeutete. Es war eher so, als hätte er eine Flamme gegen den Docht einer Dynamitstange gehalten.

Wenn dieser Vollidiot noch ein weiteres Wort sagen würde, würde Anna in die Luft gehen.

Anna zügelte sich und nahm einen rauen Flüsterton an, als sie entgegnete: „Es steht dir nicht zu, über mich zu urteilen. Ab einem gewissen Alter sollten Männer etwas reifer sein und ihr Leben im Griff haben. Das scheint bei dir eindeutig nicht der Fall zu sein. Du tust so, als wärst du ein Anwalt, aber du bist hundsmiserabel in deinem Job. Du betrinkst dich lieber und feierst, als ein Leben mit mir oder jemand anderem aufzubauen. Und ich glaube nicht, dass es zu viel verlangt ist, einen zumindest rücksichtsvollen und treuen Partner zu haben."

„Hör mal zu, du kleine ...", hob Matt an, aber Anna war noch nicht fertig.

„Nein, du hörst *mir* zu", fuhr sie fort. „Ich muss mir von Männern wie dir genug Schwachsinn anhören, also werde ich mir das nicht von dir gefallen lassen. Von jemandem, der behauptet, mich zu lieben, aber nicht merkt, dass es mit uns längst aus und vorbei ist. Ich habe dir von Anfang an gesagt, dass du nur eine einzige Chance hast. Das ist eine feste Regel, und zwar schon immer. Es gibt Dinge, die ich bereit bin zu verzeihen, ja, aber Fremdgehen gehört nicht dazu. Das ist etwas, das ich niemals vergeben werde. Dafür gibt es einfach keine Entschuldigung, und ich habe zu viel Selbstachtung, als dass ich mir von dir vorgaukeln ließe, dass du dich jemals ändern wirst."

„Ich bekomme, was ich will", knurrte Matt, „und wenn das bedeutet, dass ich irgendeine Tussi auf einer Party ficken will, bevor ich für einen Nachschlag zu dir nach Hause komme, gibt es nichts, was du tun kannst, um mich daran zu hindern."

„Da liegst du falsch. Das habe ich bereits. Auf Nimmerwiedersehen, Matthew", sagte Anna. Sie wollte auflegen.

„Wenn du auflegst, bevor ich mit dir fertig bin, werde ich dafür sorgen, dass du es bereust."

Anna lachte. „Das kann nicht dein Ernst sein. Bist du so tief gesunken, dass du mir nun drohen willst? Ich weiß wirklich nicht, was ich jemals in dir gesehen habe."

Sie legte auf und blockierte sofort seine Nummer, um sicherzustellen, dass er sie nicht mehr anrufen oder ihr eine Nachricht schicken konnte. Wenn er entschlossen genug war, würde er andere Wege finden, sie zu kontaktieren, aber fürs Erste reichte das. Sie hoffte nur, dass er sie nicht anderweitig belästigen würde, aber ehrlich gesagt war das momentan eher zweitrangig.

Es hatte sich gut angefühlt, Matt endlich die Meinung zu sagen. Im vergangenen Monat war es zwischen ihnen alles andere als gut gelaufen. Er hatte sich Dinge erlaubt, die sie früher nie toleriert hätte. Beispielsweise war er ständig feiern gegangen und hatte über sie geredet, als wäre sie sein Eigentum; neben vielen anderen Dingen. Aber vielleicht hatte das nur bewiesen, dass ihre Beziehung – ungeachtet dessen, was Matt behauptet nicht – von Anfang an nicht auf Liebe begründet gewesen war. Irgendwann hatte sie sich daran gewöhnt.

Zwischen ihnen hatte es nur Leidenschaft und Feuer gegeben, heiße Nächte zwischen den Laken. Das war natürlich kein Fundament für eine funktionierende Beziehung gewesen, aber ihre Partnerschaften hatten sich in den letzten Jahren auf diesen einen menschlichen Haupttrieb konzentriert: Sex. Und höllisch guter Sex hatte sie wahrscheinlich davon abgehalten, zu sehen, wie schlecht es mit Matt sowie all den anderen Männern vor ihm gelaufen war.

Sie hatte einen neuen Tiefpunkt erreicht, denn nun hatte sie einen Ex, der so weit gegangen war, zu behaupten, er könnte sie betrügen so viel er wollte, und dass es nichts gäbe, was sie dagegen tun könnte. Von seinen Drohungen ganz zu schweigen. Was hatte er sich nur dabei gedacht? Würde er tatsächlich versuchen, ihr etwas anzutun? Er hatte Geld, und er war es gewohnt, alles zu bekommen, was er wollte. Sie war sich nicht sicher, ob sie ihn ernst nehmen sollte oder nicht.

Auch wenn es sich befreiend anfühlte, Matt endlich losgeworden zu sein, war das hier ein Weckruf. Anna lehnte sich nach vorne und stützte den Kopf in die Hände. Es war Zeit für eine Veränderung. Sie hatte gesagt, sie hätte Selbstachtung, ließ sich aber immer wieder mit Männern wie Matt ein. Sie konnte nicht glauben, dass er versucht hatte, sie zurückzugewinnen, indem er ihr vorgehalten hatte, sie hätte Probleme mit ihrem Vater!

Er hatte innerhalb weniger Minuten zu einem mächtigen Schlag ausgeholt. Sie war froh, dass sie ihre „Eine-Chance-Regel" von Anfang an kommuniziert hatte, denn das hatte ihr einen einfachen Ausweg geboten. Letztendlich war es Matt nie wert gewesen, sich mit ihm abzugeben. Der einzige Grund, warum sie überhaupt mit ihm geredet hatte, war, dass er sie überrumpelt hatte. Aber das würde nicht noch einmal passieren.

Von diesem Moment an wäre Anna eine völlig neue Frau.

Sie nahm sich ein paar Augenblicke Zeit, um ihre Nerven zu beruhigen und in die Kaffeeküche zu gehen, um sich eine weitere Tasse Kaffee zu kochen, bevor sie ihre Arbeit wiederaufnahm. Matts Anruf hatte ihren Arbeitsrhythmus völlig durcheinandergebracht, und in den nächsten Stunden kam sie weniger gut voran, da ihre Konzentration ständig nachließ. Es war allerdings nicht Gedanken an Matt, die sie ablenkten. Es war der Grund, warum Anna ihre „Eine Chance"-Regel überhaupt erst eingeführt hatte.

Vor Jahren war sie mit einem Mann namens Troy Frest zusammen gewesen. Er war nett und intelligent gewesen und hatte sie respektvoll behandelt ... Aber er war kompliziert gewesen. Er hatte Geheimnisse vor ihr gehabt, war ab und zu verschwunden – angeblich wegen seines Jobs –, ohne sich die Mühe zu machen, ihr die genauen Gründe zu erklären. Anna hatte gespürt, dass da etwas Besonderes zwischen ihnen gewesen war, aber seine ständige Heimlichtuerei hatte ihre Beziehung schließlich zerstört. Sie hatte ihre Selbstachtung und ihr Selbstwertgefühl ruiniert, das Troy mit aufgebaut hatte, nachdem ihr Vater sie so verletzt hatte.

Nachdem Anna endlich die Scherben aufgekehrt hatte, hatte sie die „Eine Chance"-Regel aufgestellt, um zu verhindern, dass sie sich in jemanden verliebte, der immer wieder die gleichen Fehler machte.

Leider hatte sie diese Regel viel häufiger anwenden müssen, als sie erwartet hätte. Seit sie mit Troy zusammen gewesen war, schien kein Mann mehr gut genug für sie zu sein.

Nach diesen gedanklichen Ausflügen fand Anna endlich ihren gewohnten Arbeitsrhythmus wieder. Sie musste den Bericht für ihr morgiges Meeting mit InnoCell fertigstellen. Aber während sie arbeitete, musste sie immer wieder an Troy denken. Es war Jahre her, seit sie ihn das letzte Mal gesehen oder von ihm gehört hatte, und sie fragte sich, was er wohl gerade machte. Doch jedes Mal, wenn er vor ihrem geistigen Auge auftauchte, schob Anna die Gedanken an ihn beiseite. Sie war längst über ihn hinweg.

2

TROY

Ein Stromstoß durchzuckte Troys Finger und er sprang von den freigelegten Drähten zurück. Ein leichtes Kribbeln strömte durch seine Hände, als die Elektrizität durch seinen Körper floss, aber es verblasste schnell, als ob er nicht soeben von über 2.000 Volt getroffen worden wäre. Seine Magie absorbierte die überschüssige Energie rasch. Energie, die für ihn tödlich gewesen wäre, wenn er kein Donnerdrache wäre.

Sein Drache regte sich in ihm, erfreut über die zusätzliche Energie, die er für später speichern würde. Sie sammelte sich in dem, was Troy sich immer als eine kleine Lichtkugel in der Mitte seiner Brust vorstellte.

Seine Arbeit war normalerweise nicht so gefährlich, und es gab tatsächlich Sicherheitsvorgaben, an die sich Troy halten sollte. Aber da er ein unsterblicher Drachen-Gestaltwandler war, maß er dem Ganzen nicht viel Bedeutung bei; vor allem deshalb nicht, weil er nie so viel Mist gebaut hatte, dass er länger als ein paar Minuten verletzt gewesen wäre.

Als Troy also den Strom abschaltete, der in seine neueste Erfindung floss, geschah das nicht, weil er einen

Schlag abbekommen hatte, sondern weil er einfach frustriert war.

Bislang hatten seine Prototypen überhaupt nicht funktioniert. Sie sprühten Funken und fielen aus, wie dieser hier, oder ließen sich überhaupt nicht einschalten, egal ob er Elektrizität, Magie oder eine Mischung aus beidem anwendete. Es war ein hartnäckiges Problem, so wie er es noch nie erlebt hatte. Gemäß seinen Berechnungen sollte das Gerät, das er zu bauen versuchte – ein Artefakt zur Heilung, getarnt als modernes medizinisches Gerät –, nicht komplizierter sein als das, was er bereits in der Vergangenheit gebaut hatte.

Vor allem nicht komplizierter als das letzte große Projekt, an dem er gearbeitet hatte; etwas, das er treffend „Lifesaver" genannt hatte: ein Gerät, das Krankheiten anhand einer winzigen DNA-Probe bereits in ihren frühesten Entwicklungsstadien diagnostizieren sollte, sodass Menschen gerettet werden konnten, bevor ihr Zustand lebensbedrohlich wurde. Dieses Projekt war jahrelang entwickelt worden. Im Vergleich dazu bestand das dazugehörige Gerät, das die Krankheiten heilen sollte, die der Lifesaver erkannt hatte, nur aus einem gebündelten Strahl Heilenergie mit gestaffelter Wirkung, um zu verhindern, dass jemand auf wundersam erscheinende Weise gesund wurde.

Aber jetzt würde Troy liebend gerne in Kauf nehmen, dass es eine sofortige Heilung bescherte – Hauptsache, es funktionierte endlich. Aber das tat es nicht, und er musste herausfinden, warum.

Das waren die Herausforderungen als Leiter der Abteilung für magische und technologische Entwicklungen in der riesigen Tech-Firma InnoCell. Die Firma gehörte ihm und seinen Freunden, die ebenfalls Drachen-Gestaltwandler waren. Und da Troy der Einzige war, der sich mit der Entwicklung neuer Geräte auskannte, konnte er niemanden zurate ziehen.

Es half auch nicht, dass Troys Magie nicht so funktionierte, wie sie sollte. Normalerweise führte sie die richtigen Materialien und Komponenten zusammen und schuf die ideale Verbindung für das, was er brauchte, um seine Vision zu verwirklichen. Aber momentan kam es ihm so vor, als ob die einzelnen Teile gegeneinander kämpften und ihm eine wichtige Komponente fehlte, die alles ineinandergefügt hätte.

Er hätte seine Mitarbeiter um Hilfe bitten können, die aus den Besten der Besten bestanden, aber ... Troy blickte von seinem Arbeitsplatz auf, der vom Hauptlabor abgetrennt, aber dennoch in Sichtweite von Lisa und Leon war, zwei der leitenden Ingenieure bei InnoCell. Von seinem Platz aus konnte er ihr Gespräch außerdem hören.

„Ich habe nachgedacht", sagte Leon und lehnte sich ein wenig zu nah an Lisa heran, aber sie wich nicht zurück. „Wir sollten etwas zusammen entwickeln, in unserer Freizeit."

Lisa wackelte mit dem Kopf hin und her. „Ach ja? Was denn zum Beispiel?"

„Ich habe gehört, du interessierst dich für Robotik?"

„Ja. Ich habe letzten Sommer ein Robotik-Praktikum in Tokio gemacht, bevor ich hier angefangen habe."

„Das ist ja cool. Ich beschäftige mich seit Kurzem mit Robotik und tüftele zu Hause an ein paar Projekten herum. Ich würde gerne ein oder zwei Dinge von dir lernen."

Troy war froh, dass er außer Sichtweite war, denn sonst hätten die beiden gesehen, wie er angesichts von Leons unbeholfenem Flirtversuch mit Lisa entnervt die Augen verdrehte. Er tat so, als ginge es ihm um ein wissenschaftli-

ches Projekt, allerdings war sein eigentliches Ziel, ihr an die
Wäsche zu gehen. Nicht, dass das Troy sonderlich gestört
hätte. Er war nicht so streng, was Beziehungen am Arbeitsplatz betraf, anders als in anderen Abteilungen. Aber Leon
stellte sich an sie ein Anfänger.

Kleine, elektrische Lichtkugeln schwebten um Lisa und
Leon herum und knisterten wie ein Mini-Feuerwerk. Diese
Art von Magie war für jeden unsichtbar, außer für Troy, und
sie trat nicht sehr oft auf. Wenn sie es jedoch tat, war es ein
klares Zeichen dafür, dass seine Magie zwei Menschen
entdeckt hatte, die gut zueinander passten. Und mithilfe
eines kleinen Stupsers könnte er sie zusammenbringen.

Troy beobachtete den Austausch zwischen Lisa und
Leon noch ein paar Minuten lang, bevor er die elektrische
Magie in seinem Inneren aktivierte und dabei resigniert
seufzte. Er ließ sie um sich herum wabern, durch sein Büro
und durch die Glasscheibe in den nächsten Raum, wo sie
um Lisa und Leon herumschwebte. Dann begann Troys
Magie nach und nach die sich darin befindlichen Lichtpartikel zu absorbieren und mit denjenigen von Lisa und Leon
zusammenzubringen.

Am Ende hatte er den Eindruck, als wären sie kurz
davor, sich gegenseitig die Kleidung vom Leib zu reißen,
und zwar auf der Stelle. Zum Glück hatten sie genug
Anstand, stattdessen eine Verabredung zum Abendessen zu
vereinbaren. Und ein paar Minuten später zog Troy seine
Magie vollständig zurück, und die beiden setzten ihre
Arbeit fort.

Troy starrte auf die Stelle, an der Lisa und Leon noch
kurz zuvor gestanden hatten. Ein Gefühl von Neid überkam
ihm bei dem Wissen, dass Lisa und Leon innerhalb einer
Woche ein glückliches Paar sein würden. Es war für Troy
immer so einfach gewesen, Menschen zusammenzubrin-

gen. Mindestens einmal pro Woche half er Menschen mit seiner Magie dabei, zusammenzukommen, wie ein Uhrwerk, ohne sich dessen wirklich bewusst zu sein. Aber er selbst hatte diese kleinen Lichtpartikel noch nicht gesehen, die bedeutet hätten, dass er eine passende Partnerin für sich gefunden hatte.

Vor ein paar Jahren hatte er einmal versucht, seine Magie bei einer Frau anzuwenden, mit der er wirklich hatte ausgehen wollen. Sie hatten sich zufällig in einem Café kennengelernt, als InnoCell noch eine brandneue Firma gewesen war, bevor Troy zu Ruhm und Ehre gekommen war. Und zu seiner Überraschung hatte es funktioniert, zumindest damals. Er und die umwerfend schöne sowie intelligente Anna Johnson waren ein paar Monate lang ein Paar gewesen.

Immer, wenn er seine Verkupplungskünste eingesetzt hatte, hatten er und Anna miteinander gewettet, ob die zwei Menschen tatsächlich zusammenkommen würden. Troy hatte natürlich immer gewonnen, da seine Magie ihm genau gesagt hatte, wer wirklich zusammenpasste und wer nicht. Anna war stets überrascht gewesen, dass er immer richtig gelegen hatte. Und für jeden, der seine Magie nicht kannte ... war es natürlich völlig unerklärlich.

Das war letztendlich der Grund gewesen, warum er und Anna sich getrennt hatten: Troy war ihr gegenüber nie ehrlich gewesen und hatte ihr nie gesagt, was er wirklich war: Ein Drachen-Gestaltwandler, ein Mann, der sowohl in der menschliche als auch der magischen Welt lebte. Anna war seine erste richtige Freundin gewesen, jemand, mit dem Troy sich hätte vorstellen können, den Rest seines Lebens zu verbringen. Und doch hatte er Angst gehabt, ihr die Wahrheit zu sagen, weil er befürchtet hatte, dass es sie erschrecken würde. Und er war naiv genug gewesen, um zu glauben, dass sie es nicht merkte, dass er etwas vor ihr verheimlichte.

Er hatte eine wunderschöne, eine perfekte Beziehung ruiniert. Vielleicht hatte sein Drache gemerkt, dass Troy danach keine neue Beziehung hatte eingehen können, und sich nicht die Mühe gemacht, ihn mit jemand anderem zusammenzubringen. Er wusste es nicht genau. Er wusste nur, dass es bei ihm selbst nicht mehr funktionierte.

Er war jedoch froh, dass seine Magie bei Lisa und Leon noch Wirkung zeigte. Erst vor ein paar Monaten hatte Troy versucht, mithilfe seiner Magie seine jüngere Schwester mit seinem besten Freund zu verkuppeln. Er hatte die Lichtfunken um sie herum jahrelang gesehen, aber er hatte immer gedacht, dass die beiden schlau genug wären, um es selbst herauszufinden. Offensichtlich waren sie das nicht gewesen. Auch wenn Laurel und Michael jetzt zusammen waren, hatte es anfangs so ausgesehen, als hätte Troys Magie sie nur noch weiter auseinandergezogen, statt sie näher zusammenzubringen. Eine Zeit lang hatte Troy sich Sorgen gemacht, dass seine Magie irgendwie erschöpft war.

Angesichts seines erfolglosen Bemühens, das Heilgerät zu entwickeln, bekam Troy erneut so seine Zweifel.

Er fügte die zerstörten Drähte und Kabel für seinen Prototyp wieder zusammen und überlegte, wie er weitermachen sollte. Aber er war entmutigt. Höchstwahrscheinlich musste er die Eigenschaften mehrerer Artefakte miteinander verschmelzen, anstatt von Grund auf etwas Neues zu schaffen. Das Verschmelzen von Eigenschaften war normalerweise nicht möglich, aber vor nicht allzu langer Zeit hatte Michael Koff, der Leiter der Abteilung für den Erwerb magischer Objekte, jemanden entdeckt, der herausgefunden hatte, wie man das doch tun konnte.

Jetzt befand sich InnoCell in der Endphase des Kaufs

dieser viel kleineren Firma und ihrer Technologien, hauptsächlich, um Troys Arbeit zu erleichtern. Damit einher ging ein effizienterer Produktions- und Entwicklungsprozess neuer Technologien und magischer Artefakte, und es würde auch die Arbeit für Evan Lowe erleichtern, der die Produktionsabteilung für magische und technologische Geräte innerhalb von InnoCell leitete. Sie würden den Deal in Kürze besiegeln, und Troy hätte jede Menge neues Spielzeug, mit dem sich würde austoben können.

Sein Drache rührte sich wieder. Beide lernten sie gerne neue Dinge, und das Erschaffen neuer Technologien war eine Kooperation zwischen ihm und seinem Drachen.

Darum konnte Troy solch hohe Konzentrationen an Energie und Elektrizität so leicht manipulieren. Er zapfte ständig die Kräfte seines Drachen an. Es war etwas, das manchmal nur ganz flüchtig war, wie es gerade eben der Fall gewesen war. Deshalb war es besser, ein wenig abseits von den anderen zu arbeiten, damit er nicht versehentlich jemanden in die Luft jagte.

Früher hatte er mehrere Unfälle verursacht, wenn auch zum Glück keinen so katastrophalen wie einen tödlichen. So unvorsichtig war er nicht.

Troy setzte ein kleines bisschen Elektrizität in die Luft frei und wollte gerade die nächste Phase seines Experiments starten, als sich die Tür zu seinem Arbeitsbereich öffnete. Er saugte sofort die gesamte Magie in seinen Körper zurück, um zu verhindern, dass sein Besucher in Flammen aufging.

Er starrte Evan an, der sich auf Troy zubewegte. „Du solltest eigentlich wissen, dass du nicht reinkommen solltest, während ich arbeite", sagte Troy. „Die Magie hier drin ist gefährlich."

„Entspann dich. Du könntest mich nicht verletzen, selbst wenn du es wolltest", erwiderte Evan mit einem

Augenzwinkern. Er hatte volles, dunkles Haar und erdbraune Augen. Außerdem war er sehr muskulös und gebaut wie ein Profiboxer, alles dank der Tatsache, dass er ein Bergdrache war. Selbst jetzt wölbten sich seine Armmuskeln unter seinem Jackett. Er und sein Drache waren von Natur aus zäh und unverwundbar gegenüber diversen Arten von Magie, einschließlich Troys Donner.

„Reib es mir nur immer wieder unter die Nase." Troy lehnte sich in seinem Stuhl zurück und reckte den Hals. „Was machst du hier? Ich dachte, du wolltest den Deal jetzt abschließen."

„Genau das ist der Grund, warum ich hier bin. Wir sind so gut wie fertig, aber die Anwältin von Light Production schlägt noch ein paar Änderungen am Deal vor. Wir brauchen deine Zustimmung, da du neben Michael am meisten an der Sache beteiligt bist."

Troy seufzte. „Das sollte eigentlich ein ganz einfacher Kauf sein. Warum machen die Leute es immer überkompliziert?"

„Frag mich nicht, ich vertrete nur Michael, da er heute nicht hier sein kann", antwortete Evan und bekundete seinen Unmut durch ein lautes Knurren. „Ich weiß kaum, was bei dieser Übernahme vor sich geht. Der einzige Grund, warum Michael zugestimmt hat, mich anstelle von dir heute zu schicken, ist, dass wir die Papiere unterschreiben und alles offiziell machen sollten."

Troy wollte nicht mitgehen. Er zog es vor, all dem bürokratischen Unsinn, der auf höherer Ebene in der Firma passierte, aus dem Weg zu gehen, auch bei Übernahmen wie dieser. Es wäre sein gutes Recht, zu sagen, dass sie sich einfach an einem anderen Tag mit all dem befassen würden, wenn Michael wieder im Büro wäre. Aber Troy starrte auf das Chassis seines halb fertigen Heilgeräts, etwas, an dem er seit Monaten gearbeitet hatte und dabei in eine Sackgasse nach der anderen geraten war. Er war es nicht gewohnt zu scheitern, und er wollte dieses Gefühl so schnell wie möglich loswerden.

Der einfachste Weg zum Erfolg führte darüber, die Kontrolle über die Light Productions zu übernehmen und sich die Technologien und Magie zu sichern, die er brauchte, um seine Vision endlich zum Leben zu erwecken. Es war kein Geheimnis, dass Troy lieber Zeit mit seinen Erfindungen als mit anderen Menschen verbrachte, und dieser Fall war keine Ausnahme. Zu dem Meeting zu gehen, würde seinen Komfort stören. Aber er würde es in Kauf nehmen müssen, wenn er dieses Projekt in absehbarer Zeit abschließen wollte.

Schließlich lenkte Troy ein. „In Ordnung, bringen wir es hinter uns." Er stand auf und folgte Evan aus seinem Büro. „Was genau wollen sie ändern? Sie glauben doch nicht etwa, dass sie uns so kurz vor der Zielgeraden noch überlisten können, oder?"

„Nee, ich glaube nicht, dass es das ist. Sie war ziemlich geradeheraus, als sie uns die von ihnen gewünschten Änderungen erklärt hat."

„Sie?" Troy richtete sich ein wenig mehr auf. „Ich bin sofort hellwach."

Evan gluckste. „Das hatte ich doch vorhin erwähnt. Musst es wohl überhört haben. Du und deine Vorliebe für Anwältinnen."

Troy mochte über Anna hinweggekommen sein, aber seine Faszination für mächtige und selbstbewusste Frauen, besonders für Anwältinnen, hatte er nie ganz verloren. Sie hatten einfach etwas an sich, das ihn verrückt machte. Vielleicht lag es an seiner Vergangenheit mit Anna, und er hatte es sich nur nie eingestehen wollen. Im Moment spielte das sowieso keine Rolle mehr.

„Wie ist sie so?", fragte Troy.

„Sie ist heiß, keine Frage. Ein aufstrebender Stern, wenn das, was ich gehört habe, stimmt", sagte Evan. „Obwohl, wenn ich jetzt so darüber nachdenke, glaube ich, dass ich sie von irgendwoher kenne. Ich weiß nur nicht mehr genau, woher."

Troy zuckte desinteressiert mit den Schultern und seine Schritte wurden etwas leichter, als sie durch die Gänge der Entwicklungsabteilung gingen und in den Aufzug stiegen, der sie in ein anderes Stockwerk brachte, wo der Deal stattfinden sollte und offenbar alle auf seine Ankunft warteten. Jetzt konnte er wenigstens etwas weniger steif und distanziert in die Besprechung gehen, ein bisschen mit dieser neuen, hochkarätigen Anwältin flirten und sich darauf freuen, die Technologien innerhalb eines Monats oder so in den Händen zu halten. Womit würde er sich in der Zwischenzeit beschäftigen? Er würde sich etwas einfallen lassen müssen, da er das Heilgerät auf Eis legen musste, während er darauf wartete, dass der Deal abgeschlossen worden war.

„Was halten unsere Anwälte von den Änderungen des Deals?", fragte Troy. Jetzt, wo er anfing, an den Kauf zu denken, wollte er mehr wissen. Aber da Evan nicht mit den technischen Details vertraut war, würde Troy den Konferenzraum ein wenig unwissend betreten und nach und nach aufholen müssen.

„Ihrer Meinung nach hat alles Hand und Fuß, von der rechtlichen Seite aus betrachtet. Aber da einiges davon die Technik betrifft, die wir von der Firma haben wollen, werden sie das alles mit dir durchgehen wollen", sagte Evan.

Troy nickte nachdenklich und folgte Evan, bis sie einen

Besprechungsraum in einem der obersten Stockwerke der InnoCell-Zentrale erreichten. Die Tür schwang auf, und direkt in Troys Blickfeld stand eine Frau in einem schwarzen Bleistiftrock und einem Blazer, passend zu den pechschwarzen Haaren, die zu einem eleganten Dutt hochgesteckt waren. Sie hatte entschlossene, braune Augen, die bei diesem Licht aussahen, als wären darin Silbersprenkel.

Er erstarrte bei ihrem Anblick. Das konnte nicht wahr sein. Das konnte einfach nicht wahr sein.

Die neue, aufstrebende Anwältin war Anna Johnson, seine Ex, und er hatte keine Ahnung, was er zu ihr sagen sollte.

3

ANNA

Anna hatte das Gefühl, als würde ihr der Boden unter den Füßen weggezogen werden, als sie ausgerechnet Troy Frest, ihren Ex, durch die Tür des Konferenzraums kommen sah. Für den Bruchteil einer Sekunde taumelte sie vor und zurück, unsicher, in welche Richtung sie schwimmen oder fallen sollte, um wieder festen Boden zu finden. Ein Herzschlag verging, und dann noch einer, bis zu dem Punkt, an dem es an Unhöflichkeit grenzte, dass sie sich gegenseitig anstarrten und kein Wort sagten.

Als Anna endlich wieder festen Boden unter den Füßen hatte, war das Erste, was sie empfand, Verärgerung. Wer war Troy mit seinen hellblonden Haaren und den blauen Augen, in denen sie ertrinken konnte, dass er so eine Macht über sie hatte? Es spielte keine Rolle, dass er der bestaussehendste Mann der Welt war, oder dass sie, als sie ihn wider jede Erwartung wiedergesehen hatte, ihm alles verzeihen wollte, was er ihr je angetan hatte, nur damit sie ihn wiederhaben konnte. Er hatte ihr das Herz gebrochen, und nichts konnte daran etwas ändern, nicht einmal ihr hormongesteuertes Gehirn, das sich über alle Logik und Vernunft hinwegsetzen und mit ihm herumknutschen wollte, bevor er auch nur ein einziges Wort hatte sagen können.

Nein, das würde sie nicht zulassen.

Obwohl Anna und Troy einander anstarrten wie Rehe das Scheinwerferlicht, taten die anderen so, als ob nichts Ungewöhnliches geschehen wäre. Schließlich streckte Anna die Hand aus.

„Mr. Frest", sagte sie.

„Anna", erwiderte Troy, als er ihre Hand nahm, aber es war kaum mehr als ein Flüstern. Um es noch schlimmer zu machen, drückte er leicht ihre Hand.

Obwohl sofort Schmetterlinge in ihrem Bauch zum Leben erwachten und elektrische Funken in ihrem Arm knisterte, gelang es ihr, einen kühlen Kopf zu bewahren. Auch wenn sie die Luft zu lange angehalten hatte. Warum sah er sie an, als würde er sie zum ersten Mal sehen? Er war der Grund dafür gewesen, dass sie nicht mehr zusammen waren. Er und seine Geheimnisse.

Obwohl – das musste sie zugeben –, wenn er jetzt einer der Mitinhaber von InnoCell war, hatten sich seine berufsbezogenen Geheimnisse vielleicht doch ausgezahlt.

Nein. Oh Gott. Warum versuchte sie zu rechtfertigen, was er ihr angetan hatte? Anna machte mit ihrem Leben weiter. Sie würde ihm zeigen, dass sie gut ohne ihn zurechtkam und dass sie jetzt nicht mehr an ihm interessiert war.

„Wir haben darauf gewartet, dass Sie uns helfen, die restlichen Details dieses Deals zu klären", sagte Anna mir ihrer geschäftlichen Stimme. „Unser Mandant ist sehr erpicht darauf, dass dieser Verkauf zustande kommt, aber er hat einige Änderungen verlangt, um den Schutz der Vermögenswerte zu gewährleisten, die er an Ihr Unternehmen übergeben wird."

„Natürlich werden wir alles tun, was wir können, um Mr. Breves und Light Productions zu versichern, dass ihre Technologie und ihr Unternehmen als Teil von InnoCell in guten Händen sein werden", sagte Troy und schenkte ihr ein Lächeln, das viel leichter aussah, als es hätte sein sollen, wenn man bedachte, wie sehr er sie verletzt hatte.

Wie konnte er sie ansehen, als ob alles in Ordnung wäre? Er erinnerte sich eindeutig an sie, sonst würde er nicht ihren Vornamen benutzen, nur um sie zu reizen. Er wusste, dass sie das hasste und schon damals gehasst hatte, als sie als Rechtsanwaltsgehilfin um Anerkennung als Anwältin gekämpft hatte; vor Jahren, als sie noch zusammen gewesen waren. Ihr Kiefer verkrampfte sich. Sie versuchte, das nicht an sich heranzulassen, aber das tat es, allein aus dem Grund, weil sie wusste, dass er es so wollte.

„Ich bin mir sicher, dass Sie die Details lieber von Ihrem Team hören möchten", sagte Anna und nahm Platz gegenüber den InnoCell-Anwälten am Tisch Platz.

Troy, Evan und die anderen entfernten sich, um sich kurz zu besprechen, und Anna wartete, die Finger vor sich verschränkt, und sah zu. Sie wollte nicht zulassen, dass Troy sie wieder durcheinanderbrachte. Das *durfte* sie nicht zulassen. Und doch, wenn sie das wirklich wollte, hätte sie anstelle von ihm die Wand angestarrt und versucht, sich neu zu konzentrieren, anstatt sich seine Muskeln durch sein Hemd hindurch vorzustellen.

Wenn sie gewusst hätte, dass er hier sein würde, hätte sie jemand anderem gesagt, er solle den Deal zu Ende bringen, auch wenn das bedeutet hätte, dass sie dieses Mal ihre Chance verpasst hätte, Partner zu werden. Sie konnte nicht damit umgehen, in seiner Nähe zu sein. Nicht, wenn sie allein der Gedanke in Rage brachte, dass er ihr das Herz gebrochen hatte. Sie hatte fast ihr ganzes Leben neu aufbauen müssen, als sie sich seinetwegen getrennt hatten. Er war der Grund für ihre Eine-Chance-Dating-Regel gewesen.

Und doch kribbelte ihr ganzer Körper, wenn er von seinen Papieren aufschaute und seine blauen Augen auf ihr ruhten. Jetzt, da sie ihn mehr als einmal dabei erwischt hatte, wie er sie anstarrte, sah sie etwas anderes als Selbstvertrauen unter der Oberfläche lauern. War es ein Hauch von Reue, oder bildete sie sich das nur ein?

Gerne hätte sie geglaubt, dass sie nicht nur versuchte, sich selbst zu belügen, um ihm wieder zu vertrauen, aber genau das geschah. Wenn er bereuen würde, was zwischen ihnen passiert war, dann hätte er das alles gar nicht erst getan. All die Jahre hinweg hatte sie sich gewünscht, ihn wiederzusehen. Und jetzt versuchte sie sich vorzustellen, wie sehr sich sein Körper in den vergangenen fünf Jahren verändert hatte ...

Anna schloss die Augen und gab sich ihrer Fantasie hin, in der sie mit ihren Fingern an seinen muskulösen Armen und seiner Brust entlangfuhr und an seinem Hosenbund kitzelte ...

„Miss Johnson", unterbrach eine Stimme ihre Gedanken. Nicht die von Troy, sondern die eines der InnoCell-Anwälte, eines älteren Mannes mit kurz geschnittenem, blondem Haar. „Wir sind damit einverstanden, alle Ihre neuen Anträge anzunehmen, bis auf einen."

Troy legte eine Unterlage vor Anna auf den Tisch. Sein Blick begegnete dem ihren. „Wenn ich das richtig verstanden habe", hob Troy an, „möchte Mr. Breves die Nutzung der von ihm entwickelten technologischen Geräte aus ethischen Gründen einschränken. Wir bei InnoCell haben hohe ethische Standards, und es ist unsere Pflicht, Technologien den Menschen dienlich zu machen und ihnen damit zu helfen. Daher werden wir uns gerne an die zusätzlichen Einschränkungen halten, die in dieser Vereinbarung festgelegt sind. Aber nur unter der Bedingung, dass er, der Entwickler von all dem, persönlich die Nutzung und Weiterentwicklung seiner Arbeit innerhalb von InnoCell überwacht."

Anna schürzte die Lippen und verschränkte die Finger ineinander. „Sie bieten Mr. Breves einen Job an?"

„Ganz genau", erwiderte Troy und lächelte charmant. Das war zu viel, und Anna riss sich zusammen, um sich nicht ablenken zu lassen.

Aufgrund ihrer Entschlossenheit bewirkte sein Lächeln genau das Gegenteil von dem, was er beabsichtigt hatte. Bestimmt versuchte er, sie mit seinem Charme dazu zu bringen, zuzustimmen, ohne groß darüber nachzudenken, was er da vorgeschlagen hatte. Sicherlich wollte jemand wie Troy sowie die Firma, die ihm teilweise gehörte, nicht nur einen neuen Mitarbeiter, wenn er dafür die drastischen Einschränkungen für die innovative, neue Technologie, die sie erwerben wollten, in Kauf nehmen musste. Oder wollte sie nur deshalb nicht glauben, dass es so einfach sein könnte, weil Troy sie so sehr verletzt hatte?

In den Vorgesprächen, die sie und ihr Team mit Mr. Breves von Light Productions geführt haben, hatte er gesagt, dass er bereit wäre, bei InnoCell zu arbeiten, wenn das nötig wäre, um das zu erreichen, was er mit dem Verkauf zu erreichen hoffte. Sie hatten den Papierkram im Voraus vorbereitet, nur für den Fall.

Troy bewegte sich auf seinem Stuhl und wartete auf Annas Antwort, aber der Duft seines Moschusparfüms verlangsamte ihren Gedankenfluss. Er trug den gleichen

Duft wie damals, und etwas daran ließ ihr Herz für ihn erweichen. Er weckte Erinnerungen an gemeinsame Nächte, wie gut sie zueinander gepasst hatten, bevor er wieder angefangen hatte, sich in Geheimnisse zu flüchten.

Die Geheimnisse erinnerten sie wieder daran, dass Troy nicht das war, was er oberflächlich zu sein schien. Charmant, ja. Gutaussehend und erfolgreich, ja. Aber er hatte viele Geheimnissen, die sie in den Wahnsinn getrieben hatten, als sie versucht hatte, sie zu enträtseln. Sie durfte nicht in die Falle tappen, diese Geheimnisse wieder zu lösen. Schon gar nicht, wenn das wieder Leid für sie bedeuten würde. Ihre letzte Trennung hatte sie viel zu verbittert gemacht, als dass sie sich gleich in eine weitere Fehlentscheidung stürzen könnte. Zumindest hoffte sie das.

„Wenn das der Fall ist, müssen wir Mr. Breves persönlich konsultieren, bevor wir mit der Vereinbarung fortfahren können", sagte Anna schließlich.

Neben ihr versteifte sich ihre Assistentin Clarissa und lehnte sich vor. Sie flüsterte, allerdings nicht sehr leise: „Aber Mr. Breves hat doch schon gesagt ..."

Annas Gesichtsausdruck wurde hart, und sie sah Troy fest in die Augen. „Ja, aber ich bin sicher, dass der Arbeitsvertrag zwischen InnoCell und Mr. Breves entsprechend den Ergebnissen dieses Treffens überarbeitet werden muss."

„Wir könnten natürlich in die Vereinbarung schreiben lassen, dass wir zu einem späteren Zeitpunkt ein separates Dokument für das Beschäftigungsverhältnis erstellen, und darauf verweisen", schlug Troy vor. „Mit einer Sicherheitsklausel, um diese Vereinbarung wieder rückgängig zu machen, falls wir keine einvernehmliche Regelung finden. Um die Dinge zu beschleunigen, versteht sich."

Annas Lippen zuckten, während sie sich ein Lächeln verkniff. Er bemühte sich, diesen Deal voranzutreiben, oder? Es lag durchaus in ihren Möglichkeiten, diesen Deal noch weiter hinauszuzögern, nur um ihn zu ärgern. Das konnte sie tun. Mr. Breves vertraute ihrem Urteilsvermögen, und wenn sie ihm sagte, dass sie glaubte, dass einer der InnoCell-Inhaber ein wenig zu aufdringlich war, würde er ihrem Drängen zustimmen, jedes Dokument mehrfach zu überprüfen, um sicherzustellen, dass sie nichts Unnötiges in den Vertrag hineinschmuggelten.

Natürlich glaubte sie nicht, dass Troy das im Sinn hatte oder dass seine Anwaltskollegen das zulassen würden. Nach dem, was Anna über InnoCell wusste, waren sie ein seriöses Unternehmen ohne böse Absichten und ohne irgendeinen Skandal. Was eigentlich ungewöhnlich war, wenn man bedachte, wie groß sie waren.

„Mr. Breves ist sehr spezifisch, was diesen Deal betrifft", sagte Anna. Was absolut stimmte. „Er möchte seine Arbeit um jeden Preis schützen, und er wird sachgemäß konsultiert werden wollen, bevor wir irgendetwas zustimmen. Da er jedoch bereits im Vorfeld sein Einverständnis für einen Arbeitsvertrag signalisiert hat, können Sie die überarbeiteten Unterlagen vorsichtshalber an unser Büro weiterleiten, und wir werden uns so schnell wie möglich mit einer Antwort unseres Mandanten bei Ihnen melden."

In Troys Augen flackerte Enttäuschung auf, und Anna hatte kurz ein schlechtes Gewissen. Dieser Deal war auch für ihn wichtig, nicht wahr? Und sie hatte gerade alles in ihrer Macht Stehende getan, um ihn zu verzögern. Aber so schlecht war ihr Gewissen auch wieder nicht. Es war Teil ihres Jobs, dafür zu sorgen, dass Mr. Breves und seine Firma den bestmöglichen Deal erhielten. Es war allerdings so, dass sie sich eigentlich an Troy rächen wollte.

Dieser streckte die Hand aus. „Sie werden bald von uns hören", sagte er.

Anna schüttelte wieder seine Hand. Diesmal nicht mit einem überwältigenden Gefühl der Verblüffung, sondern mit einem Hauch von Siegessicherheit. Aber sie erkannte daran, wie er die Augen leicht zusammengekniffen hatte, dass das hier noch lange nicht vorbei war.

„Ich freue mich darauf, eine zufriedenstellende Regelung zu finden", sagte Anna.

Dieser Satz war eine Kriegserklärung. Gegen Troy und alles, was er repräsentierte. Und ein Krieg gegen sich selbst und ihr Herz. Denn egal, wie sehr sie Troy verachten wollte, wie sie es so viele Jahre lang getan hatte – sie musste erkennen, dass sie ihn mehr denn je wollte.

4

TROY

Ein paar Tage später saß Troy in seinem Büro und ignorierte seine Abteilung sowie seine unvollendete Arbeit, die liegen geblieben war, seit Evan Troy zu diesem schrecklichen Meeting geschleppt hatte. Er konnte nicht glauben, dass er ausgerechnet Anna begegnet war. Es war Jahre her, seit er sie das letzte Mal gesehen hatte, auch wenn kaum ein Tag vergangen war, an dem er nicht an sie gedacht hätte.

Er machte gedankenlos eine Skizze für eine überarbeitete Version des noch namenlosen Heilgeräts, an dem er gerade arbeitete. Überarbeitet, weil er es in seinem jetzigen Zustand nicht fertigstellen konnte. Aber mit der Technologie von Light Productions würde er einige Änderungen vornehmen können, die neue Technologie integrieren und ... voilà. Es wäre endlich fertig.

Der Deal stand so kurz vor dem Abschluss und war doch so weit davon entfernt. Und natürlich war es Troys Beziehung mit Anna gewesen, die das Ganze verkompliziert hatte. Sie hatte alles darangesetzt, den Prozess zu verlangsamen, da war er sich sicher. Und es war seine Schuld, denn er hatte verraten, wie wichtig ihm das Projekt war. Hätte er nonchalant getan, wären sie vielleicht mit unterschriebenen Unterlagen aus dem Meeting gekommen, und er hätte die Erfindungen von Light Productions bereits in Händen.

Stattdessen hatte er in den letzten Tagen geschuftet, um den Arbeitsvertrag für Mr. Breves bei InnoCell zu finalisieren. Wegen der Besonderheit ihrer Arbeit und der Umstände hatte er den ganzen Papierkram von Grund auf überarbeiten müssen, ganz allein. Die Anwälte aus der Rechtsabteilung würden das Ganze natürlich noch einmal überprüfen, bevor sie es abschickten, aber für Troy waren das nur noch mehr Tage in einem Prozess, den Anna so lange wie möglich hinauszögern würde.

Wer wusste schon, welche Ausrede sie als Nächstes benutzen würde. Troy wusste, dass Mr. Breves darauf brannte, den Verkauf abzuschließen, und er wusste auch, dass Anna nicht übertrieben hatte, als sie sagte, dass Mr. Breves sehr genau darauf achtete, wie alles ablief. Sie konnte den Zeitplan nicht zu lange hinauszögern, ohne ihren Kunden zu verärgern. Aber wie er Annas Sturheit kannte, würde sie das vielleicht dennoch tun, ohne Rücksicht auf die Konsequenzen für sich selbst.

Troys Zeichnung wurde zu einem Durcheinander, also malte er stattdessen nur noch Kreise. Das half ihm, seine Gedanken ein wenig zu beruhigen, aber nicht vollständig. Würde Anna wirklich ihre Karriere sabotieren, nur um sich an ihm zu rächen? Er verstand gut, dass sie immer noch wütend und verletzt über ihre Trennung war. Troy war ebenfalls wütend. Wütend auf sich selbst, weil er sich so verhalten hatte. Es war tatsächlich zu 100 Prozent seine Schuld gewesen. Er hatte sich wie ein totales Arschloch verhalten, wenn auch völlig ungewollt. Er hatte ihr nie wehtun wollen, er hatte nur ... Angst gehabt. Er hatte Angst gehabt, nicht von ihr akzeptiert zu werden. Und bevor er Gelegenheit gehabt hatte, zu merken, wie dumm er sich verhielt, war ihre Beziehung nicht mehr zu retten gewesen.

Die gesamten letzten fünf Jahre hatte er damit verbracht, zu bereuen, was passiert war. Wie oft hatte er sich gewünscht, er könnte alles rückgängig machen, dass alles wieder so werden würde, wie es damals war, und er ihr endlich die Wahrheit darüber sagte, was er war. Ein Drachen-Gestaltwandler. Mit magischen Fähigkeiten, unsterblich, gefährlich. Er schluckte bei dem Gedanken, und seine Angst war immer noch so stark wie damals. Aber der Kampf, diese Angst zu überwinden, war nichts im Vergleich zu den Schuldgefühlen, die er danach empfunden hatte. Das wusste er jetzt.

So viele Jahre hatte Troy sich sogar eingeredet, dass es das Beste gewesen war, Anna das Herz zu brechen und sie zu verlassen, ohne ihr die Wahrheit gesagt zu haben. Aber es war immer nur eine Lüge gewesen, die er sich zusammengebastelt hatte, um sich besser zu fühlen, nicht wahr? Besonders jetzt, da er sah, wie verbittert Anna immer noch war. Er hatte sich wie ein noch größeres Arschloch verhalten, als er gedacht hatte.

Er schloss die Augen, lehnte sich nach vorne, stützte die Ellbogen auf den Tisch und legte den Kopf in die Hände. Er hätte sich schon vor Jahren bei ihr entschuldigen sollen. Sich zumindest die Mühe machen sollen, es zu versuchen. Hätte er früher gemerkt, was er angerichtet hatte, dann hätte er es getan.

Er würde den Papierkram für den Deal in ein paar Stunden erledigt haben. Aber er musste mit Anna sprechen, allein, bevor sein Team ihn an ihre Firma schickte. Wenn er das nicht tat, bestand die Gefahr, dass sein Vorschlag abgeschmettert und das Ganze aus irgendwelchen nichtigen

Gründen weiter verzögert wurde. Troy musste sich endlich bei Anna für das, was er getan hatte, entschuldigen. Oder sie zumindest davon überzeugen, dass sie sich deswegen nicht selbst Schaden zufügen durfte. Das war es einfach nicht wert. Sie mussten in dieser Sache zusammenarbeiten und sich nicht die Köpfe einschlagen.

Und er wusste, wenn er nicht wenigstens versuchen würde, sich mit ihr zu versöhnen, würde er das noch mehr bedauern, als das zu ruinieren, was er und Anna miteinander geteilt hatten.

Sie nach so langer Zeit wiederzusehen ... Sein Herz hatte während des gesamten Treffens wie verrückt geschlagen. Es hatte ihn jede Menge Überwindung gekostet, sie nicht gleich dort vor allen anderen in die Arme zu nehmen. Oder sie in den leidenschaftlichsten Kuss ihres Lebens zu ziehen. In den vergangenen Jahren hatte Troy nur lockere Beziehungen, Affären und dergleichen gehabt. Weil er Anna so verletzt hatte, war er der Meinung gewesen, dass er nicht mehr als das verdient hatte. Er hatte ihr, der wunderbarsten Frau der Welt, nicht sagen können, was er wirklich war. Wie hätte er es dann jemand anderem sagen können?

Vielleicht war es eine Art selbst auferlegte Strafe. Aber Troy spürte ganz tief in seinem Inneren, dass er die auch verdient hatte. Er hatte es so sehr vermasselt.

Er erwartete nicht, eine zweite Chance zu bekommen, jetzt, wo er sie wiedergefunden hatte. Aber seit er Anna wiedergesehen hatte, waren seine Träume von ihr viel lebhafter geworden. Sie wieder in echt zu sehen, sie zu berühren, ihr süßes Parfüm zu riechen, hatte sie in seinen Träumen wieder zum Leben erweckt.

Der Gedanke an sie machte ihn beinahe verrückt. Wild sogar. Wilder als er damals gewesen war. Sie waren jetzt beide älter und klüger, reifer und selbstsicherer in ihren

Körpern. Wenn er wieder mit ihr schlafen würde, würde sie dann erbeben, wenn er mit den Fingern über ihre Schenkel streichen würde, so wie er es früher getan hatte? Würde sie keuchen, wenn er an der Stelle direkt unter ihrem Ohr knabberte? Oder hatte ein anderer Liebhaber ihr diese Reaktionen entlockt?

Ein Knurren bildete sich in seiner Kehle bei dem Gedanken an Anna mit einem anderen Mann. Er schlug mit der Faust auf den Schreibtisch und zerbrach seinen Stift in zwei Teile. Er merkte zunächst gar nicht, was er getan hatte, bis er die Plastikstücke in seiner Hand zusammendrückte und die zerbrochene Kante in seine Handfläche stach. Er starrte auf die verspritzte Tinte, die Plastikstücke und die besudelten Zeichnungen. Ein leichtes Vibrieren seiner Magie durchströmte ihn, als sein Drache sich wieder beruhigte und in seinen Winterschlaf zurückkehrte.

Troy war von seiner eigenen Reaktion überrascht. Der bloße Gedanke, dass jemand anderes sie auf diese Weise berühren könnte, machte ihn so wütend, dass er nicht wusste, wie ihm geschah. Innerlich schrie er, dass sie sein war, und doch wusste er, dass das nicht stimmte. Er hatte seinen Anspruch auf sie vor fünf Jahren aufgegeben, als er ihr das Herz gebrochen und ihr die Wahrheit vorenthalten hatte. Sie war zu schön, um in diesen Jahren nicht die Aufmerksamkeit eines anderen Mannes auf sich gezogen zu haben.

Vielleicht hatte sie momentan sogar einen Freund. Er wüsste nicht, was dagegensprechen könnte. Ein wilder, roher Teil von ihm wollte sie wieder für sich beanspruchen, egal, ob sie gerade mit jemandem zusammen war oder nicht. Sie gehörte ihm, und er würde sie wiederhaben, egal, was es kostete.

Es dauerte eine Weile, bis Troy diesen Drang wieder

unterdrücken konnte. Obwohl all diese starken Emotionen von seinem Drachen kamen, war er als Mensch immer noch versucht, allem zuzustimmen, was dieser fühlte. Er stellte sich Anna auf jede erdenkliche Art und Weise vor: wie er mit ihr kuschelte, sie küsste; sie auf ihm, unter ihm, an der Wand, während sie jedes erdenkliche Geräusch machte. Sie waren ein perfektes Paar gewesen, und Troy wollte das wieder erleben.

Er stieß einen langen Atemzug aus und begann, die Unordnung aufzuräumen. Er wusste, tief im Inneren, dass es nur ein Traum war, nichts weiter. Auch wenn er es nicht zugeben wollte. Er hatte das mit ihr unwiderruflich vermasselt, und das Einzige, was er tun konnte, war, so gut es ging mit ihr beruflich zusammenzuarbeiten. Vielleicht würde er ihr eines Tages erklären können, was ihm damals durch den Kopf gegangen war. Aber zunächst musste er es langsamer angehen und überlegen, was er tun könnte, um zu verhindern, dass sie diesen Deal länger als unbedingt nötig hinauszögerte.

Troy musste ihn durchziehen, bevor er seine Arbeit wiederaufnehmen konnte. Und der einzige Weg, das zu tun, war, Anna davon zu überzeugen, ihre Beziehung zumindest zeitweise zu vergessen. Er war sich nicht sicher, ob er das schaffen würde, aber er musste es versuchen.

Er legte sein Handy auf seinen Schreibtisch. Er hatte ihre neue Büronummer, aber auch ihre persönliche. Hatte sie dieselbe wie früher? Würde sie rangehen, wenn er anrief? Möglicherweise. Dennoch konnte er sie nicht über ihre private Nummer anrufen. Das würde nicht gut rüberkommen. Wenn er sich bei ihr entschuldigen wollte, konnte er das nur tun, indem er sie als Profi behandelte, und darum musste er sie auf dem entsprechenden Weg kontaktieren.

Er wählte ihre Büronummer, und ihm stockte der Atem, als sie abnahm.

„Hallo, Anna Johnson am Apparat", sagte sie.

Die Sorge, die er anfänglich empfunden hatte, verschwand im Nu, und Troy machte sich daran, sein Vorhaben umzusetzen. „Hallo, Anna, hier ist Troy."

Sie machte ein abschätziges Geräusch, erwiderte aber nichts Sarkastisches. Troy betrachtete das als ein gutes Zeichen.

„Oh, hallo, Mr. Frest", sagte sie mit einer gespielt fröhlichen Stimme, „was kann ich für Sie tun? Wir warten bereits ungeduldig auf die von Ihnen überarbeiteten Unterlagen, haben aber noch nichts erhalten."

„Sie werden sie am Montag erhalten, sobald wir einige Details geklärt haben. Ich glaube, Mr. Breves wird mit den Bedingungen, die wir erarbeitet haben, sehr zufrieden sein."

„Ich bin sicher, dass er das sein wird. Natürlich werden wir ausreichend Zeit benötigen, um die Bedingungen zu prüfen und ein Gegenangebot zu erarbeiten. Aber ich bin sicher, dass Sie und Ihr Team bereit sind, sich die nötige Zeit zu nehmen, um die bestmögliche Vereinbarung zu erzielen."

Troy fiel die Kinnlade herunter, und er versuchte, nicht zu verärgert zu klingen, als er weitersprach. Jetzt ging es ums Eingemachte. „Schau, Anna. Ms. Johnson. Wären Sie bereit, sich mit mir zu treffen, um die Einzelheiten des Deals zu besprechen? Es geht hier um eine Menge Details, und ich glaube, wenn wir uns treffen, um unsere Erwartungen unter vier Augen zu besprechen, werden wir eher verstehen, was wir beide mit diesem Deal zu erreichen versuchen."

Anna erwiderte eine Weile nichts darauf, und Troy konnte praktisch hören, wie sie nachdachte, während sie seine Aussage auseinandernahm. Aber mit der Antwort, die er schließlich zu hören bekam, hätte er niemals gerechnet: „Dieser Deal ist sehr wichtig für Sie, nicht wahr?", fragte sie.

Darauf hätte Troy vieles erwidern können. Zum einen hätte er lügen können, wenn er erwartet hätte, dass sie niemals auf seine Vorschläge hören und alles in ihrer Macht Stehende tun würde, um ihn dazu zu bringen, den Deal mit Light Productions abzuschließen. Aber jetzt, da er sie am Telefon hatte, glaube er nicht mehr daran.

Irgendwie wusste er, dass Ehrlichkeit nun das beste Mittel sein würde. Wenn man bedachte, dass seine Geheimnisse ihre Beziehung zerstört hatten, war es nun das Beste, ihr die Wahrheit zu sagen, auch wenn das hier natürlich um einiges unbedeutender war.

„Ja", antwortete er schließlich. „Die von Ihrem Mandanten entwickelte Technologie wird den Verlauf meines Lebenswerks entscheidend beeinflussen. Die Mission von InnoCell ist es, eine bessere Welt für alle zu schaffen, mit allen Mitteln, auch mit denen, die traditionell als unmöglich gelten. Ich weiß nicht, was Sie von mir, Ms. Johnson, oder meiner Firma halten. Aber ich glaube mit jeder Faser meines Seins an diese Mission. Diesen Deal so schnell wie möglich abzuschließen bedeutet, dass ich meine Arbeit so bald wie möglich fortsetzen kann."

„Ich bin mit den Idealen von InnoCell vertraut", sagte Anna. „Na gut. Wir können uns treffen, um noch unklare Details zum Vertrag zu klären. Ich habe heute Abend Zeit, falls Ihnen das recht ist?"

Troy öffnete überrascht den Mund und rang nach Worten. Er räusperte sich. „Natürlich, wenn Ihnen das passt. Je früher, desto besser."

„Wunderbar. Ich schicke Ihnen die Adresse gleich per

Textnachricht. Ich freue mich darauf, den Deal abzuschließen, Mr. Frest", sagte Anna und legte dann auf.

Eine Schweißperle rann an Troys Wirbelsäule herunter.
Er würde Anna heute Abend sehen. Heute Abend. Nicht in
seinen wildesten Träumen hätte er erwartet, sie so bald
wiederzusehen. Dass sie überhaupt zugestimmt hatte, sich
außerhalb der Arbeit mit ihm zu treffen, war ziemlich
unrealistisch gewesen.

Aber es ging ihm wirklich nur um die Arbeit. So sehr er
auch über alles andere reden wollte, was zwischen ihnen
vorgefallen war, so war er sich nicht einmal sicher, wo er
überhaupt anfangen sollte. Bevor er das überhaupt versuchen würde, musste er den Kauf von Light Productions
abschließen.

Bis dahin würde er seine Fantasien über Anna für sich
behalten.

Er versuchte gerade, das Bild von ihr, wie sie auf dem
Rücken im Bett lag, aus seinem Kopf zu verdrängen, als sein
Handy surrte. Sie hatte ihm die Adresse ihres Treffpunkts
geschickt. Es war ein Hotel, was Troy verwirrte. Er war sich
nicht ganz sicher, was er davon halten sollte, aber er
versuchte, nicht zu sehr darüber nachzudenken. Allerdings
bereitete es ihm nun noch mehr Mühe, die Fantasien, die
bei dem Gedanken aufkamen, mit ihr allein in einem Hotelzimmer zu sein, zu unterdrücken – so unwahrscheinlich es
auch sein mochte, dass sie wahr wurden.

5

ANNA

Anna stand vor dem Spiegel in ihrer vorhin gebuchten Hotelsuite, tuschte sich die Wimpern ein weiteres Mal und zog ihren Eyeliner nach. Sie blinzelte, begutachtete sich ein letztes Mal und nickte zufrieden.

Obwohl sie zugestimmt hatte, sich mit Troy unter dem Vorwand zu treffen, den Verkauf der Firma ihres Mandanten zu besprechen, war das nicht das Einzige, woran sie gedacht hatte. Seit sie Troy vor ein paar Tagen in diesem Besprechungsraum wiedergesehen hatte, hatte sie ständig an ihn denken und von ihm träumen müssen. Etwa davon, wie Troy sie, nachdem alle anderen gegangen waren, auf den Tisch legte und sie an Ort und Stelle nahm.

Sie hatte es so oft geträumt, dass sie es gar nicht mehr hatte zählen können. Sie war in den letzten Tagen kaum in der Lage gewesen, klar zu denken, geschweige denn sich auf ihre Arbeit zu konzentrieren oder irgendetwas anderes Sinnvolles zu tun. Sie hatte sich fast bis zum Wahnsinn nach Troy verzehrt. Sie konnte es nicht einmal erklären: Es war, als gäbe es eine tiefe Anziehungskraft zwischen ihnen, auf chemischer Ebene, und wenn sie diesem Verlangen nicht nachgeben und sich von ihm ficken lassen würde, würde sie nie wieder sie selbst sein können.

Sie hoffte, dass einmal ausreichen würde, um den gewünschten Effekt zu haben, ihn aus ihrem Kopf zu bekommen. Troy hatte ihr schon einmal das Herz gebrochen, und sie wollte nicht, dass er es noch einmal tat. Was sie jedoch zulassen konnte, war, mit ihm in die Kiste zu steigen und endlich ein paar ihrer Fantasien wahr werden zu lassen. Wenn sie mit ihm fertig war, dann – und nur dann – würde sie wieder an die Arbeit denken.

Außerdem hoffte sie, dass es nicht so gut wäre wie in ihrer Erinnerung, denn sie hatten damals unfassbar guten Sex gehabt. Hatte sie ihn auf ein Podest gestellt, weil sie seitdem niemanden mehr gehabt hatte, der so gut gewesen war wie er? Oder war er nur in ihren Träumen so gut, aber nicht im wirklichen Leben? Wenn der Echte sie enttäuschte, würde es ihr leichter fallen, weiterzuziehen. Für immer loszulassen. Aber da gab es auch einen Teil in ihr, der erleben wollte, dass er sogar noch besser war als in ihrer Erinnerung. Aber ... wenn das der Fall sein sollte, hatte sie keine Ahnung, was sie dann machen sollte.

Das war aber eher unwahrscheinlich, daher bräuchte sie sich darüber keine Gedanken zu machen.

Kaum hatte Anna das Bad verlassen, klopfte es an der Tür. Wieder sammelte sich eine Horde Schmetterlinge in ihrem Bauch. Troy war hier, und es wäre nicht wie beim letzten Mal. Sie wären allein, und es gäbe nichts, was sie zurückhalten könnte. Nichts würde sie voreinander schützen, außer der jahrelange Schmerz.

Und Anna würde nicht so bald vergessen, wie sehr er sie verletzt hatte.

Anna holte tief Luft, um sich zu beruhigen, ging zur Tür

und öffnete sie. Troy sah unsicher aus, aber er lächelte sofort, als sie ihn sah. Sie bedeutete ihm, hereinzukommen. Sie hatte eine Begrüßung geplant, aber ihn zu sehen, mit seinem zurückgekämmten Haar und dem gut geschnittenen Anzug, brachte ihr Blut in Wallung, und sie hatte Angst, ihre Absichten zu verraten, bevor sie die Tür geschlossen hatte.

„Guten Abend, Ms. Johnson", sagte Troy, schritt an ihr vorbei und sah sich im Raum um. „Wie ich bereits am Telefon erwähnte, haben wir einiges zu besprechen, um den Deal für beide Seiten reibungsloser zu gestalten."

Er drehte sich zu ihr um, als die Tür zufiel, und bevor er ein weiteres Wort sagen konnte, war Anna auf ihm. Sie drückte ihn gegen die Wand, zerrte an seiner Krawatte und zog seinen Kopf nach unten, damit sie ihn küssen konnte. Verdammt, seine Lippen waren genau so, wie sie sie sich wieder und wieder vorgestellt hatte, seit sie sich getrennt hatten. Rau auf ihren, aber alles, was sie brauchte.

Anna hatte Troy völlig unvorbereitet erwischt, und es dauerte einen Augenblick, bis er ihren Kuss erwiderte. Sein Körper reagierte, bevor sein Verstand es konnte. Seine Hände wanderten an ihren Hüften herab, und ein tiefes, besitzergreifendes Knurren drang aus seiner Kehle. Anna war ganz heiß vor Verlangen, aber anstatt dass Troy nach dem Saum ihres Rocks griff und ihn über ihre Hüften schob, um ihre Schenkel freizulegen, wie sie es erwartet, stieß er sie von sich weg.

Sie verrenkte sich den Hals, um ihre Lippen auf seine zu pressen, auch gegen seinen Willen. Er wollte das genauso sehr wie sie. Sie wusste es, konnte sein Verlangen spüren. Ihre Zungen fanden einander, aber in dem Augenblick fand Troy endlich Worte, um seine Verwirrung auszudrücken.

„Ms. Johns ... Anna ... Das ist nicht das, was ich ..."

Anna brachte ihn mit ihren Lippen zum Schweigen. Sie biss auf seine Unterlippe, und er knurrte wieder, und seine Finger gruben sich in ihr Bein. Ein Zittern durchfuhr sie. Sie wollte mehr als das, brauchte mehr als das.

„Halt den Mund", sagte sie zwischen Küssen und Stöhnen. „Versuch nicht, mir zu sagen, dass du mich nicht willst. Ich habe gesehen, wie ..." Ein Schauer lief ihr über den Rücken, als er ihren Hintern umfasste, und sie beugte ihren Hals zurück. Er drückte sein Gesicht auf ihren Hals und küsste ihre Kehle, woraufhin sie scharf die Luft einsog. „Ich habe gesehen, wie du mich während des Meetings angeschaut hast. Du bist genauso ein Tier wie ich. Zeig es mir. "

Troy protestierte nicht weiter.

Er fuhr mit rauen Küssen an ihrem Hals entlang, und Anna konnte nicht genug davon bekommen. Sie kam sich vor wie eine kleine Flamme, und jedes Mal, wenn er sie berührte, sie küsste, wurde sie ein bisschen heißer, ein bisschen heller. Troy berührte wieder ihre Oberschenkel und packte sie, als gäbe es nichts anderes auf der Welt, woran er sich festhalten konnte. Er zog ihren Bleistiftrock hoch und schlug ihr auf den Hintern.

Sie keuchte und lachte dann vor lauter Aufregung. Sie konnte fast nicht glauben, dass dies wirklich passierte. Anna Johnson, die mit ihrem Ex rummachte. Das widersprach jeder Regel, aber es war gut, dass sie diejenige war, die diese Regeln aufgestellt hatte.

Ihre Lippen fanden wieder zueinander, und ihr Atem und ihre Zungen vereinigten sich. Aber Anna brauchte mehr. So mit Troy zusammen zu sein, war alles, was sie sich je gewünscht hatte – und noch so viel mehr. Seine Berührungen waren genau so, wie sie sie in Erinnerung hatte, und sie weckten das Verlangen, das sie so lange weggesperrt hatte, zu neuem Leben. Wie hatte sie je ohne ihn sein können? Wie hatte sie ohne ihn überlebt, ohne diese Gefühle, die sie allein beim Herumknutschen mit ihm empfand?

Anna schob den Gedanken beiseite. Sie war nun mehr damit beschäftigt, das zu bekommen, was sie von ihm wollte, als über philosophische Fragen nachzugrübeln.

Sie begann, sein Hemd mit unbeholfenen Fingern aufzuknöpfen, während er mit dem Bund ihres Spitzentangas spielte. Seine Finger tanzten an ihren Schenkeln und ihrer Taille auf und ab und sandten kühle Schauer über ihren Körper. Sie wollte, dass er sie mehr berührte, dass er sie mit dem gleichen Verlangen erkundete wie sie. Aber das tat er nicht. Noch nicht.

Endlich hatte sie sein Hemd ganz aufgeknöpft und fuhr mit den Fingern über seine muskulöse Brust. Dabei betrachtete sie jeden seiner Muskeln einzeln. Er schien es zu mögen, wenn sie ihn so bewunderte, und sie biss sich auf die Lippe, als sie seinen Gürtel erreichte und ihre Finger knapp unter seinen Hosenbund schob. Er stöhnte als Antwort und wollte offensichtlich auch mehr, aber er ließ sie noch nicht seine Hose ausziehen. Stattdessen schob er eine Hand zwischen ihre Beine und rieb damit über ihr Höschen.

Sie war bereits feucht für ihn, das spürte sie deutlich. Sie presste ihren Körper gegen seinen, während sie stöhnte, und drückte auf seine Finger, damit er sie genau an der richtigen Stelle berührte. Anna wollte, dass er sie nahm. Sie verzehrte sich innerlich nach ihm, aber ihr gefiel auch der langsame Aufbau, sich in Vorbereitung auf mehr Zeit zu nehmen.

Troy knöpfte Annas schwarze Bluse mit viel schnelleren und geschickteren Fingern auf als sie und enthüllte ihre üppigen Brüste und einen schwarzen Spitzen-BH, der zu ihrem Höschen passte. Er umfasste eine ihrer Brüste und drückte sie zaghaft zusammen, dann knurrte er und schob die Körbchen ungeduldig nach oben, sodass ihre Brustwarzen darunter hervortraten. Ohne sich die Zeit zu nehmen, ihren BH zu öffnen und ihn aus dem Weg zu räumen, schob er sein Gesicht zwischen ihre Brüste, legte seine Lippen um eine Brustwarze und beanspruchte sie für sich.

Anna stöhnte und wölbte den Rücken, drückte ihre Brust näher an Troys Gesicht und ihre Hüften gegen seine. Sie presste härter auf seine Hand und verlangte verzweifelt nach mehr.

„Oh Gott, das habe ich gebraucht", stöhnte sie.

Troy murmelte etwas Unverständliches in Annas Brust, aber ihr war zu heiß, und sie war zu überwältigt von seinen Berührungen, um verstehen zu können, was er sagte. Sie war sich nicht sicher, ob es sie überhaupt interessierte, was er gesagt hatte. Solange er weitermachte ... Er saugte noch einmal an ihrer Brustwarze und ließ sie dann auf einmal los. Dann riss er ihr schließlich das Hemd vom Leib, öffnete ihren BH und warf alles beiseite. Er fand sogar den Reißverschluss ihres Rocks, schob ihn herunter und zog ihn ihr aus, aber er ließ ihr Höschen an.

Er schlang seinen Arm um ihre Taille und hielt sie fest, und seine andere Hand griff wieder zwischen ihre Beine. Aber diesmal waren seine kreisenden Finger rauer, wilder, bis er schließlich ihr Höschen beiseite schob und mit dem Daumen über ihre Klitoris fuhr. Annas Augen fielen zu, sie keuchte und beugte sich nach vorne, um Troys Mund zu finden. Sie küssten sich einmal, dann neigte er ihren Kopf zur Seite, um an ihrem Hals zu saugen.

Anna atmete schwer und erkundete mit ihren Händen jeden Teil von Troys Oberkörper. Er war perfekt geformt, ein göttliches Kunstwerk, und sie wollte niemals aufhören, ihn zu berühren. Sie griff nach seinem Gürtel und fing an, das störende Accessoire zu lösen. Sie konnte nicht mehr länger auf seinen Schwanz warten. Sie brauchte ihn in sich, wie sie noch nie etwas gebraucht hatte.

Aber als sie seinen Gürtel öffnete, schob Troy einen Finger in sie hinein, und die heißen Wellen, die sie durchströmten, ließen sie alles andere vergessen.

„Oh, Gott", stöhnte sie.

Troy schob seinen Finger tiefer in sie hinein und streichelte ihre Innenwände genau so, wie sie es mochte. Verlangen strömte angesichts der Empfindungen, die er in ihr weckte, durch sie hindurch. Sie war unfähig, sich zu bewegen oder klar zu denken. Sie konnte ihn nur in sich spüren, seinen wilden, perfekten Finger, die ihre Innenwände dazu brachten, sich um ihn zusammenzuziehen. Anna brannte am ganzen Körper, innerlich, überall – dank Troy. Wo ihre nackte Haut die seine berührte, fühlte sie sich nicht mehr wie ein Mensch, sondern wie etwas Höheres. Sie konnte es nicht erklären.

Und sie brauchte mehr, um ihn am ganzen Körper und in ihrem Inneren zu spüren.

Troy hörte nicht auf. Er dehnte sie mit seinen Fingern aus und steckte sie in Brand, bis ihr Feuer so stark loderte, dass sie es nicht mehr zurückhalten konnte und explodierte. Sie schrie an seinen Hals, und ihre Innenwände drückten sich zusammen, aber Troy bewegte seine Hand weiter und holte jedes letzte bisschen Hitze aus ihr heraus. Anna verlor jedwede Fähigkeit, zu denken. Sie war nur noch ein loderndes Feuer, das sich nach Troy verzehrte.

Und als sie wieder zu sich kam, war sie ein zitterndes Bündel, und ihre Schenkel waren feucht von Troys kundigen Fingern. Er stützte sie mit seinem Arm ab, und sie schlang den ihren um seinen Hals. Ihre Küsse waren diesmal langsamer, vielleicht, weil Annas Feuer nun etwas schwächer brannte. Oder vielleicht, weil sie langsam müde wurde. Aber sein Geschmack ließ sie wieder hellwach werden und entfachte ihre Lust auf ihn aufs Neue. Troy führte sie rückwärts zum Bett, bis sie mit ihren Knien dagegen stieß und auf die Matratze fiel, mit gespreizten Beinen, damit Troy sie ganz sehen konnte.

Anna hatte ihn noch nicht vollständig ausziehen können, und Troy ließ sich Zeit dabei und verschlang hungrig ihren ganzen Körper mit seinen Blicken.

Sie liebte es, wie er sie ansah, als wäre er ein Gott und sie seine Göttin, geschaffen für ihn und nur für ihn. Seine Augen betrachteten weiterhin ihren Körper, als er seine Anzughose auszog und seinen Schwanz in die Faust nahm. Er kniete über ihr auf dem Bett, umfasste mit einer Hand ihr Kinn und neigte ihr Gesicht zu seinem, während er in sie eindrang. Anna zitterte und stöhnte, als er sich tief in sie hineinschob und sie bis zum Anschlag ausfüllte. Sie stöhnte in Troys Mund, und er nahm all die Töne auf, die sie machte, während er in sie hinein- und wieder herausstieß und schnell an Fahrt aufnahm.

Sie wölbte den Rücken, und ihre Lippen lösten sich von Troys. „Verdammt!" Sie schloss die Augen, stöhnte und drückte ihre Hüften nach oben, um Troys zu begegnen. „Fick mich, als ob es kein Morgen gäbe."

Troy schien das als Herausforderung zu betrachten, und er knurrte – ein unnatürlicher, wilder Laut. Dann umfasste er Annas Gesicht fester. Er küsste sie, als wäre sie die Einzige auf der Welt, die er wollte, und hielt ihre Lippen als Geisel, bis keiner von beiden mehr atmen konnte. Anna keuchte, als er ihr auf die Lippe biss, fest, und dann ihren Kopf nach hinten drückte, um an ihrem Hals zu knabbern.

Es gab nur sie und Troy, ihre Körper, die zu einer Einheit verschmolzen waren. Troy stieß in sie, und bei jedem Stoß durchfuhren sie Wellen heißer Lust. Ihr Inneres gierte nach ihm, danach, dass er sie noch einmal über den Abgrund hinausstieß. Es war, als wüsste er instinktiv, was sie wollte, und er bewegte sich schneller, härter, bis das Feuer in ihr stärker und stärker loderte.

Anna fuhr mit ihren Fingern an Troys Rücken entlang und drückte ihn fest an sich, während sie schrie. Troy stöhnte in ihre Schulter, aber Anna kümmerte sich nicht einmal darum. Es gab nur noch diese feurige Ekstase zwischen ihr und Troy. Heiße Wellen durchströmten sie, und sie spürte, wie Troy pulsierte und sich versteifte, bis sie beide nur noch ein Bündel Schweiß und Erschöpfung waren.

Dann lagen sie eine Weile da, und Anna war froh über das Gewicht seines Körpers auf dem ihren, seine beruhigenden, starken Arme, den Geruch seines vertrauten Parfüms. Es fühlte sich so gut an, bei ihm zu liegen, dass sie es nicht schaffte, sich zu bewegen – zumindest vorerst nicht. Ihr Herz raste so schnell, dass sie nicht hätte schlafen können, selbst wenn sie es gewollt hätte. So lagen sie beieinander, schöpften wieder Atem und kehrten langsam ins Hier und Jetzt zurück.

Troy hielt Anna fest und streichelte ihre Haare, als wären sie immer noch ein Paar. Anna hatte erst jetzt, als sie wieder zu sich gekommen war, bemerkt, wie beruhigend sich das anfühlte. Und zwar so beruhigend, dass Anna beschloss, es nicht weiter zuzulassen, sonst würde sie ihm einen falschen Eindruck vermitteln.

Anna löste sich aus Troys Umarmung. Ihre Haut kribbelte noch immer von seiner Berührung und ihrem Liebesakt. Ihr Körper wollte sich nur ungern von ihm trennen, aber Anna hatte nur mit ihm schlafen, ihn für immer loswerden und weiterziehen wollen. Doch selbst als sie aufstand, um ihre Kleidung zusammenzusuchen, war sie sich nicht sicher, ob ihr das gelungen war. Der Sex war viel besser gewesen, als sie sich erinnern konnte, und definitiv viel besser als der mit den Männern danach.

Würde es wirklich nur bei diesem einen Mal bleiben?

Momentan wollte sie keine Kompromisse eingehen. Sie würde keine Schwäche zeigen, ihm nichts geben, was er gegen sie würde verwenden können. Nichts, was ihre Mauer zum Einsturz bringen könnte.

Troy setzte sich im Bett auf, während Anna ihren BH und ihr Höschen wieder anzog, und sah ihr zu. Sie sagte nichts und versuchte, sich wieder auf die Arbeit zu konzentrieren. Sie war wirklich neugierig, warum ihm dieser Deal so wichtig war, und hatte ein schlechtes Gewissen, weil sie das Ganze verzögert hatte. Der Grund, warum er sie überhaupt angerufen hatte, war wahrscheinlich gewesen, dass er sie gut genug kannte, um zu wissen, dass sie es absichtlich getan hatte.

Sie zog den Reißverschluss ihres Rocks zu, drehte sich zu Troy und begann, ihre Bluse zuzuknöpfen. Er lag immer noch auf dem Bett und sah sie an. „Du wolltest also die Details des Deals besprechen", sagte sie. „Hast du die Inhalte des Arbeitsvertrags mit Mr. Breves da?"

Troy blinzelte zu ihr auf und sah sie verwirrt an. „Was?"

„Für den Kauf von Light Productions durch InnoCell natürlich. Du sagtest, du willst die Dinge vorantreiben. Ich bin bereit, dir diesen Gefallen zu tun. Es gibt keinen Grund, wegen Schnee von gestern auf Kriegsfuß zu stehen." Sie warf einen letzten Blick auf ihn, bevor sie ihre Bluse glättete und sich auf einen der Ledersessel neben dem Glastisch setzte. „Aber du musst mir mehr Informationen geben, mit denen ich arbeiten kann, bevor ich weitermachen kann."

Troy fuhr sich mit der Hand durchs Haar, und die Muskeln in seinen Armen und seiner Brust spannten sich dabei an. Etwas in ihr regte sich bei diesem Anblick, und es verlangte sie schon wieder nach ihm. Mist, warum war er nur so sexy? Er musste sich anziehen, bevor er sie wieder ablenken konnte und all ihre Selbstbeherrschung zunichtemachte.

„Anna ... meinst du nicht, wir sollten darüber reden?", fragte er und gestikulierte zwischen ihnen hin und her.

„Darüber? Was meinst du?", fragte sie gespielt unschuldig zurück. Sie hoffte, dass er den Wink mit dem Zaunpfahl verstanden hatte. Sie wollte nicht darüber reden. Über sie beide. Sie hatte dem Verlangen ihres Körpers gehorcht, mehr nicht.

Nur wusste sie tief in ihrem Inneren, dass sie sich damit nur wieder selbst belogen hatte. So wie sie sich belogen hatte, jemals wirklich über ihn hinweggekommen zu sein.

„Was ist hier gerade passiert?", fragte Troy. „Ich bin nicht hergekommen, um ... um ..."

„Wir hatten Sex. Wunderbar. Das Leben geht weiter, nicht wahr? Wir müssen jetzt über die Arbeit reden", sagte sie und klang dabei leicht gereizt.

Er warf ihr einen Blick zu, als würde er sie für völlig verrückt halten.

„Schau mich nicht so an, Troy. Du bist derjenige, der mir vor all den Jahren das Herz gebrochen hat." Annas Puls raste wieder. Warum tat das so sehr weh? Warum fiel es ihr so schwer, die Worte überzeugend klingen zu lassen? „Was hattest du denn gedacht, warum wir uns treffen?"

„Wegen der Arbeit."

Anna hob eine Augenbraue. „Du hast wirklich nicht auf mehr gehofft?"

„Nein." Troy schluckte sichtlich. „So, wie es mit uns zu Ende gegangen ist ... Ich habe es immer bereut, was ich dir angetan habe."

Sie hob eine Hand, um ihm Einhalt zu gebieten, bevor er weiterreden konnte. „Ich will es wirklich nicht hören, Troy. Über Entschuldigungen sind wir weit hinaus. Außerdem", sagte sie und lächelte freundlich, „haben mir Entschuldigungen noch nie gereicht. Das weißt du doch."

Sie hatte die Worte ausgesprochen, aber sie war sich nicht ganz sicher, ob sie sie wirklich ernst gemeint hatte, denn obwohl das schon immer so gewesen war, schmolz etwas in ihr dahin, weil sie wusste, dass er sich immer noch um sie sorgte, auf seine eigene Art. Ein Teil von ihr wollte ihm wirklich verzeihen, aber der weitaus größere Teil in ihr sträubte sich dermaßen gegen den Gedanken, dass ihre Gefühle miteinander in einen Wettstreit gerieten, von dem sie schier überwältigt wurde.

Als sie es endlich schaffte, wieder etwas zu sagen, musste sie sich sehr anstrengen. Sie wusste eigentlich gar nicht, was sie sagen wollte, bis sie es aussprach: „Als wir Schluss gemacht haben, Troy ... Dass du mir das Herz gebrochen hast, ist, ehrlich gesagt, eine Untertreibung. Du hast meine Sicht auf Beziehungen und auf Menschen im Allgemeinen grundlegend verändert." Sie starrte zu Boden. „Wegen dir habe ich mir eine Eine-Chance-Regel für Männer zugelegt."

„Eine Eine-Chance-Regel?", fragte Troy.

„Ja. Ein Fehler, und er ist erledigt." Anna sah Troy mit zusammengekniffenen Augen an. „Du hast deinen schon begangen."

„Ich verstehe." Er klang aufrichtig enttäuscht und nachdenklich. Sie fragte sich, worüber er nachdachte; ob es ihm wirklich leidtat. Was hatte er damals vor ihr verheimlicht?

Ungeachtet der widersprüchlichen Gefühle, die Anna seinetwegen empfand – vor allem jetzt, da sie wieder miteinander geschlafen hatten –, konnte sich zwischen ihnen nichts ändern. Die Tatsache, dass zwischen ihnen eine unerklärliche Verbindung herrschte, konnte nicht über das hinwegtäuschen, was ihre Beziehung damals hatte auseinanderbrechen lassen: seine Geheimnisse. Sie würde ihm nie wieder vertrauen. Und solange sie sich das immer wieder vor Augen führte, würde sie vor seinem Charme sicher sein.

Das bedeutete aber nicht unbedingt, dass sie vor seinem Bett sicher war. Aber das war eine ganz andere Sache.

Sie räusperte sich. „Also, lass uns über die Arbeit reden."

Troy sah niedergeschlagen, als er die Decke beiseiteschob. „Na gut, dann lass uns über die Arbeit reden."

Er streckte sich, und Anna scheute sich nicht, ihn zu beobachten. Sein Körper war ein Meisterwerk, und angesichts der Art, wie er sich bewegte, wusste er das. Sicher wusste er aber auch, dass sein Körper sie nur bis zu einem gewissen Punkt verführen könnte. Sie hoffte, dass sie zumindest das deutlich gemacht hatte. Als er sich fast wieder angezogen hatte, setzte er sich ihr gegenüber an den Tisch und knöpfte langsam sein Hemd zu.

Dieses Mal bemühte Anna sich, nicht hinzusehen. Stattdessen nippte sie an einer Wasserflasche, und die kühle Flüssigkeit ließ sie wieder klarer denken. „Bevor ich zustimme, es dir leichter zu machen", sagte sie, „muss ich etwas wissen."

„Und das wäre?", fragte Troy und klang dabei etwas skeptischer, als Anna es von ihm erwartet hätte.

„Warum ist dieser Deal so wichtig für dich?"

„Und warum ist es dir so wichtig, Ärger zu machen, wo es keinen gibt?", konterte er.

Anna grinste. „Touché. Ich hatte nie vor, das Ganze unnötig hinauszuzögern. Aber wenn du meine Neugierde befriedigst, werde ich dafür sorgen, dass es wieder schneller vorangeht."

Troy machte den letzten Knopf zu, streckte sich und ließ sich Zeit. „Weißt du, was mein Job ist?"

„Du bist der Abteilungsleiter für technologische Innovationen von InnoCell. Ein hohes Tier, ja – was auch immer." Anna zuckte mit den Schultern und tat so, als wäre es ihr egal, obwohl sie eigentlich sehr beeindruckt von dem Titel war.

„Ja." Troy lehnte sich vor und faltete die Hände auf dem Tisch. „Aber es ist nicht nur eine Managementposition. Ich bin fast allein für das Design und die Entwicklung der Vorzeigeprodukte von InnoCell verantwortlich."

Anna runzelte die Stirn. Sie hatte damals nicht gewusst, dass Troy ein Erfinder oder ein Ingenieur oder … überhaupt gut mit Technik war, abgesehen von ein paar Basics. Ihr Magen verkrampfte sich. Hatte das etwas mit den Geheimnissen zu tun, die er ihr verheimlicht hatte, als sie zusammen gewesen waren?

„Allein?", fragte sie, nachdem sie kurz nachgedacht hatte. „Das ergibt doch keinen Sinn. Du hast doch die ganze Abteilung, die dir dabei hilft, nicht wahr?"

„In gewisser Weise, ja. Aber meine Arbeit ist sehr kompliziert. Ich bin nicht einfach nur ein Ingenieur, ich habe … besondere Fähigkeiten." Er machte eine frustrierte Handbewegung, als gäbe es etwas, das er nicht sagen konnte. „Es gibt niemanden wie mich. Niemanden, der meine Arbeit machen könnte. Und sie ist sehr wichtig."

Anna wusste, dass InnoCell sehr ehrgeizige Ziele hatte –

unter anderem, die Welt zu verändern. Die Firma wollte den Menschen helfen, und zwar ehrlich und aufrichtig. Wie viel von dieser Mission war diejenige von InnoCell und wie viel davon diejenige von Troy? Oder war es ein und dasselbe, wenn er derjenige war, der ihre wichtigsten Produkte herstellte? Sie schluckte, als ihr die Tragweite von Troys Arbeit bewusst wurde.

„Warst du derjenige, der den Lifesaver entwickelt hat?", fragte sie.

Er nickte. „Ich habe den größten Teil der Arbeit geleistet, ja, obwohl die ursprüngliche Idee dem CEO, Danny Langton, zu verdanken ist. Ich habe sie nur möglich gemacht."

„Meine … " Anna seufzte. „Meine Oma war eine der Ersten, die mit dem Lifesaver getestet wurden, als er für die Allgemeinheit verfügbar wurde. Dabei wurde festgestellt, dass sie ein hohes Risiko für einen Hirntumor hatte, und wir vermuten, dass die daraufhin durchgeführten Nachbehandlungen das Risiko fast beseitigt haben, bevor der Krebs hatte entstehen können."

Troys Augen wurden ein wenig größer, und Anna schaute weg. Ihr Blick huschte zur Wand hinter ihm, dann zu seinen Händen, dann zu ihren. Sie sah überallhin, nur nicht direkt zu ihm. Ihr Herz hämmerte in ihrer Brust. Sie war sich nicht mehr sicher, was sie von Troy halten sollte, da sie wusste, dass er irgendwie für die Entwicklung und die Herstellung des Geräts verantwortlich gewesen war, das ihre Großmutter davor bewahrt hatte, ihr Leben vorzeitig zu verlieren.

„Der Lifesaver hat schon vielen Menschen geholfen", sagte Troy nach einer Weile, „aber noch nie jemandem, den ich persönlich kenne. Ich bin erleichtert, dass wir das tun konnten … für sie. Und für dich."

Sie wollte mehr über seine Arbeit erfahren. Was hatte es mit Mr. Breves und Light Productions auf sich, dass Troy so erpicht darauf war, den Deal so schnell wie möglich abzuschließen? Woran arbeitete er gerade? Es gab Gerüchte, aber Anna hatte ihnen keine große Beachtung geschenkt. Jetzt wünschte sie, sie wüsste es, damit sie eine entsprechende Frage stellen und vielleicht eine angemessene Antwort bekommen könnte. Aber wahrscheinlich durfte er ihr sowieso nichts Genaues sagen.

„Mr. Breves ist also ...", hob Anna an, aber dann schüttelte sie den Kopf und stellte die Frage nicht zu Ende. Es spielte keine Rolle. „Mr. Breves hat zwei Forderungen, von denen ich dachte, dass du sie wahrscheinlich nicht sofort erfüllen kannst. Er möchte die Befugnis haben, alle Projekte zu beaufsichtigen, bei denen seine Technologie zum Einsatz kommt, und dazu gehört auch die Entscheidungsbefugnis, im Rahmen des Möglichen Änderungen vorzunehmen. Außerdem möchte er auch entscheiden können, die Technologie als Teil von InnoCell weiterzuentwickeln, anstatt sie stagnieren zu lassen, einschließlich der Entwicklung neuer Projekte. Natürlich vorbehaltlich der Zustimmung durch das InnoCell-Management." Anna hatte die Bedingungen aus dem Gedächtnis aufgesagt und hoffte, dass sie alles richtig verstanden hatte. Dann begegnete sie wieder Troys Blick. „Das wärst dann wohl du."

Troy nickte einmal. „Geht klar. Ist das alles?"

„Ja. Er war sich sicher, dass du bezüglich aller anderen Sache fair sein würdest", sagte Anna. „Wenn du uns die neuen Verträge mit diesen Bedingungen schickst, können wir die ein oder zwei Wochen zusätzliche Bearbeitungszeit vermeiden."

Nicht zum ersten Mal wünschte Anna sich, sie wüsste mehr über die Einzelheiten des Projekts, über das verhandelt wurde. Wenn Troy der Einzige war, der die von Inno-Cell produzierte Technologie auf höchstem Niveau herstellen konnte, wer war dann Mr. Breves, der von ihm verlangen konnte, ähnliche Befugnisse zu haben? *War er vielleicht auch wie Troy?*, fragte sich Anna, aber sie schwieg. Sie wusste, dass ihr Mandant froh sein würde, weitere Verzögerungen zu vermeiden, und das machte sie auch froh. Vor allem, weil sie jetzt endlich den begehrten Partner-Titel der Firma bekommen würde, für den sie so hart gearbeitet hatte.

Troy stand auf und erwischte Anna unvorbereitet, aber sie folgte schnell seinem Beispiel. Sie gaben sich die Hand.

„Danke, Anna, wirklich", sagte er.

Ihre Hände berührten sich etwas zu lange, und es sah aus, als wollte Troy noch etwas sagen, aber er tat es nicht.

„Gerne, Troy. Es war angenehm, mit dir Geschäfte zu machen."

Das einzige Problem bei der Beschleunigung dieses Deals war jedoch, dass Anna Troy wahrscheinlich längere Zeit nicht wiedersehen würde, es sei denn, sie kontaktierte ihn. Und sie war sich nicht sicher, ob sie dazu in der Lage war, besonders angesichts der Tatsache, was sie heute Abend zu ihm gesagt hatte. Nichts konnte sich zwischen ihnen ändern. Es war nicht gut für sie, sich immer wieder mit dem zu beschäftigen, was sie in der Vergangenheit verletzt hatte.

Aber als Troy ihr ein letztes Mal zunickte und aus dem Hotelzimmer ging, war es nicht ihre gemeinsame Vergangenheit, an die sie dachte, sondern an das Liebesspiel gerade eben. Er hatte ihr das Gefühl gegeben, so lebendig zu sein wie noch nie. Gab es da wirklich keine Zukunft für sie beide, oder war sie einfach nur zu geblendet von seinen und ihren Fehlern, um zu versuchen, einen Weg zu finden?

6

TROY

Es vergingen Tage ohne jede Nachricht von Anna. Weder bezüglich dessen, was zwischen ihnen beiden passiert war, noch über den Deal mit Light Productions. Obwohl Troy vor dem Treffen mit Anna beschlossen hatte, dass er die Wogen zwischen ihnen glätten wollte, damit er den Kauf der Firma sichern konnte ... war nichts wie geplant gelaufen.

Troy hatte sich definitiv gewünscht, mit ihr zu schlafen, aber nicht vorgehabt, es tatsächlich zu tun. Er hatte nicht damit gerechnet, dass sie es hätte tun wollen. Die Tatsache, dass sie es doch gewollt hatte, und zwar so sehr, dass sie ihn in ihrer Hotelsuite praktisch besprungen hatte ... All das hatte Troy extrem verwirrt. Er hatte gedacht, sie würde ihn hassen. Nun, vielleicht war Hass ein zu starkes Wort, aber sie war definitiv verbittert über das, was vor fünf Jahren zwischen ihnen passiert war.

Er überprüfte sein Handy zum 50. Mal innerhalb einer Stunde. Keine neuen Nachrichten, keine verpassten Anrufe – nichts. Er hatte Anna die Unterlagen mit den geänderten Bedingungen wie gewünscht am Tag nach ihrem

Treffen geschickt. Er hatte sogar versucht, sie ihr persönlich zu überbringen, aber sie hatte darauf bestanden, dass er einen der InnoCell-Anwälte schickte, damit alles offiziell wäre.

Hatte sie immer noch vor, den Deal zu verzögern? Das ergab keinen Sinn, wenn man bedachte ... Nun, sie hatte keinen Grund gehabt zu sagen, dass seine Lifesaver-Erfindung wahrscheinlich das Leben ihrer Großmutter gerettet hatte, nur um ihn von der Arbeit am nächsten großen Projekt abzuhalten. Troy war einfach nur sehr ungeduldig. Diese Dinge dauerten normalerweise ein paar Tage, bis sie abgeschlossen waren, also war alles im Rahmen.

Er überprüfte noch einmal sein Handy und stand dann von seinem Stuhl auf, setzte sich auf den Boden und lehnte sich an die Wand seines Büros. Das Licht war nicht an, und es war kühl und beruhigend. Genug, um Troys Gedanken zumindest für ein paar Minuten davon abzuhalten, sich im Kreis zu drehen. Aber in der Dunkelheit begann er wieder, Anna zu spüren, den Druck ihrer Schenkel auf seinen Hüften, ihren herrlichen Duft und Geschmack. Er erschauderte bei der Erinnerung daran und durchlebte sie in allen Einzelheiten.

Es gefiel ihm ganz und gar nicht, wie er sich fühlte. Er sehnte sich nach ihrer Aufmerksamkeit, nach Antworten, nach einem Wort von ihr. Ihr Schweigen machte ihn verrückt. War das die ganze Zeit ihre Absicht gewesen? Hatte sie sich so gefühlt, als sie zusammen gewesen waren?

Troy wusste, dass er mit diesen Fragen nicht weiterkommen würde. Was geschehen war, war geschehen. Er konnte es nicht ändern. Und doch gab es so viele „Was wäre wenn"-Szenarien, die er sich vorstellen konnte, dass er sich wie ein Idiot vorkam, weil er den einzigen Weg gewählt hatte, der zur Trennung geführt hatte. Er brauchte sie. Ihren

Körper auf seinem, ihren Herzschlag, ihr Stöhnen in seinem Ohr ... Er war froh, dass all seine Berührungen immer noch das Gleiche bei ihr ausgelöst hatten, genau wie früher.

Aber so konnte er nicht weitermachen. Er musste zumindest etwas tun, um nicht verrückt zu werden. Er konnte nicht weiter herumsitzen und grübeln. Er hatte keine Ahnung, was in Annas Kopf vor sich ging, und er wünschte, sie hätte ihm nur einen kleinen Einblick gewährt. Der Sex war großartig gewesen – mehr als großartig. Aber selbst wenn er sie noch einmal oder mehrmals so haben könnte, wäre das nicht genug. Er wollte mehr als nur ihren Körper, mehr als sein Bedürfnis nach Sex zu befriedigen. Er wollte, dass sie ihn wieder liebte.

Der Gedanke an Liebe traf ihn unerwartet. Liebte er sie immer noch? War das der wahre Grund, warum er sich so fühlte?

Er war sich nicht sicher, und bevor er zu sehr darüber nachdenken konnte, öffnete sich die Tür zu seinem Büro. Es war dunkel, also konnte er nicht sehen, wer es war. Aber er hörte das laute Klirren von Kristall gegen eine Schnapsflasche.

„Wer ist da?", fragte Troy, aber eigentlich interessierte es ihn gar nicht. Er wollte einfach nur allein sein, entweder um weiter nachzudenken oder um herauszufinden, wie er mit dem Nachdenken aufhören könnte.

„Was zum Teufel ...?", rief Evan. „Hast du hier geschlafen? Du weißt, dass du nach Hause gehen kannst, wann immer du willst. Deine Arbeitszeiten werden nicht überwacht."

„Ja, ja, ich weiß."

Evan knipste das Licht an und blickte sich misstrauisch im Büro um. Nichts war fehl am Platz. Keine Kissen und Decken lagen auf dem Boden, wie Evan es sich wahrscheinlich vorgestellt hatte. Keine Essensreste oder Kaffeetassen auf dem Boden sowie dem Schreibtisch. Früher war das nichts Ungewöhnliches gewesen. Wenn Troy in seine Arbeit vertieft war, hatte er an nichts anderes denken können. Er hatte keine Pause, sondern einfach weitergemacht. Im Laufe der Jahre hatten die Putzleute, die InnoCell blitzsauber hielten, gelernt, sich in sein Büro zu schleichen, wenn er kurz mal im Bad gewesen war. Sie hatten unbemerkt seinen Arbeitsplatz sauber gemacht, um zu verhindern, dass er im totalen Chaos versank.

Nachdem er mit Anna Schluss gemacht hatte, hatte er das allerdings nicht mehr gemacht. Erstens war es ungesund. Zweitens hatte es wahrscheinlich zu ihrer Trennung beigetragen. Er war nicht einmal in der Lage gewesen, ihr zu sagen, woran er gearbeitet hatte. Sie hatte wahrscheinlich gedacht, dass er sich einfach nicht für sie interessierte. Oder dass er sie betrog. Er wusste nicht, wie er ihr das jemals würde erklären können – aber er musste es versuchen.

Evan hielt eine Flasche Champagner und zwei Kristallgläser in der Hand. Er stellte sie auf Troys großen, schwarzen Schreibtisch, der wie ein U geformt war, weil er viel Platz brauchte, wenn er sich seinen Projekten widmete. Momentan war der Schreibtisch halbwegs aufgeräumt. Auf ihm lagen nur ein paar Bücher über Magie und einige Papierstapel.

„Als wir auf dem College waren", sagte Evan, „hast du einen der Vorratsräume für dich beansprucht, ihn in dein Büro verwandelt und sogar die Fakultät davon überzeugt, dass es dein gutes Recht ist."

Troy musste daraufhin lachen. „Ja, und wir haben jede zweite Nacht dort verbracht und Trinkspiele gespielt. Ach, das College."

„Wenn du Trinkspiele willst – die Getränke habe ich

schon besorgt." Evan schlug mit einem Glas leicht gegen die Champagnerflasche.

„Nicht die richtige Art von Getränk. Was ist überhaupt der Anlass?"

Evan verdrehte die Augen und sah Troy streng an. „Du hast es noch nicht gehört? Wow, ich dachte, du wärst der Erste gewesen, der es erfahren hat."

Troy war jetzt auf einmal hellwach.

„Der Deal ist abgeschlossen. Light Productions gehört jetzt zu InnoCell, und innerhalb eines Monats wird dir Mr. Breves zu Diensten stehen. Wie es aussieht, hast du bald das Vergnügen, mit ihm zu arbeiten."

Troy hätte am liebsten laut „Ja!" geschrien, aber er unterdrückte den Drang. Endlich war der Deal über die Bühne gebracht worden, und Troy konnte sich nun wieder seinem Heilungsprojekt widmen. Die Möglichkeiten, Mr. Breves' Technologien für Artefakte zu verwenden, waren buchstäblich endlos. Er würde ein paar Monate damit experimentieren und die beste Vorgehensweise eruieren. Und mit Mr. Breves direkt zusammenzuarbeiten, wäre eine Ehre. Troy hatte ihn zwar noch nicht kennengelernt, aber sein Ruf eilte ihm voraus. Angeblich war er ein Elf und besaß eine uralte Art von Magie, die seine neuesten Technologien erst möglich gemacht hatten. Troy könnte so viel von diesem Mann lernen.

Und doch ... Seine Aufregung und sein Enthusiasmus wurden sofort durch den Gedanken an Anna gedämpft. Seit ihrer gemeinsamen Nacht hatte sie es vermieden, mit ihm zu sprechen. Sie hatte ihn nicht einmal angerufen, um zu bestätigen, dass der Deal abgeschlossen war. Stattdessen hatte er es von Evan erfahren.

Er unterdrückte ein Seufzen. „Ich freue mich darauf, ja.

Ich bin ehrlich gesagt überrascht, dass er nicht darauf gedrängt hat, Abteilungsleiter zu werden."

„Hättest du deine Position aufgegeben?" Evan ließ den Korken von der Flasche knallen und schenkte die Gläser ein. Dann setzte er sich und reichte Troy eines.

„Ich wäre auch bereit gewesen, halbe-halbe zu machen", scherzte Troy. Er versuchte, das Ganze zumindest locker zu sehen, aber er schaffte es nicht ganz. All das riss ihn nicht vom Hocker, da er immer noch an Anna dachte.

„Genau. Halbe-halbe mit einem Elfen, der älter ist als wir alle bei InnoCell zusammen", kicherte Evan. „Das wäre interessant geworden."

Sie stießen an und nippten an ihrem Champagner. Er war süß und prickelnd, aber der Alkohol reichte nicht aus, um Troy von seinen Grübeleien abzulenken. Er würde dafür die ganze Flasche hinunterschütten müssen, aber er hatte nicht vor, sich zu betrinken. Troy war eine Weile in seine Gedanken vertieft, bis er schließlich sein Glas austrank und sich und Evan nachschenkte.

„Danny und Michael haben bereits eine Feier angekündigt", sagte Evan. „Es wird eine große Party in der Innenstadt geben. Alle sind eingeladen, auch Light Productions und ihre Anwälte."

Das ließ Troys Gedanken sofort wieder zu Anna zurückkehren, und dieses Mal konnte er seinen Seufzer nicht zurückhalten. Er hatte eigentlich gehofft, dass Evan ihn auf andere Gedanken bringen könnte, aber alles, was dieser sagte, ließ ihn nur wieder über Anna sinnieren. Troy war immer noch genauso ratlos, was er tun sollte, wie in jener Nacht, als sie Sex gehabt hatten und sie ihm daraufhin gesagt hatte, dass er ihr nichts bedeutete.

Aber für ihn war er alles andere als bedeutungslos gewesen.

Er wusste nicht recht, ob er ihr glauben sollte, dass es ihr egal gewesen war. Wie sollte er das, was zwischen ihnen passiert war, nur ansprechen? Aber jetzt war eindeutig nicht der richtige Zeitpunkt, denn jedes Mal, wenn Troy sich abwandte, um an Anna zu denken, warf Evan ihm einen seltsamen Blick zu.

„Hast du etwas auf dem Herzen? Das war ein wichtiger Schritt. Er wird die Zukunft von InnoCell verändern, mit dir an der Spitze des Ganzen. Und du wirkst nicht allzu begeistert", sagte Evan. Er beobachtete Troy mit scharfem Blick. Sicher merkte er, dass etwas nicht stimmte, nur wusste er nicht genau, was. Troy beschloss, es trotzdem zu riskieren.

Er lächelte. „Keine Ahnung, wovon du redest. Natürlich freue ich mich."

„Versuche es gar nicht erst. Ich kann dich lesen wie ein offenes Buch."

„Sagt Mr. Erd-Drache, der sich eher mit der Natur als den Menschen verbunden fühlt. Wie kannst du dir so sicher sein?"

„Ich sollte dich eigentlich nicht daran erinnern müssen, dass alle Lebewesen Teil der Natur sind. Ja, sie sind schwierige, komplizierte Kreaturen, genau wie wir. Und sie verstehen nicht, dass sie die Erde Tag für Tag verschmutzen, zerstören und langsam töten. Aber sie sind ein Teil des Lebens, den wir akzeptieren müssen. Genau wie wir akzeptieren müssen, dass wir magisch und anders sind. Im Gegensatz zu dir habe ich jedoch einen wesentlichen Teil meines Lebens dem besseren Verständnis von Menschen gewidmet."

Troy starrte an die Decke und streckte die Arme aus, anstatt Evan anzusehen. „Wie machst du das nur? Ich meine ... diesen hirnlosen Menschen jeden Tag gegenübertreten, wenn sie eigentlich dafür verantwortlich sind, dass der Herzschlag der Erde, den du unter deinen Füßen spüren kannst, immer langsamer wird."

Evan trank den letzten Schluck seines Champagners aus und goss sich ein weiteres Glas ein. Als ob er für die Antwort eine Stärkung bräuchte. „Das Verhalten der Menschen ist frustrierend, aber sie sind kein hoffnungsloser Fall, weißt du? Sie fangen langsam an, den Schaden, den sie anrichten, zu erkennen und von sich aus dagegen vorzugehen. Das liegt zum Teil an den Bemühungen von Leuten wie mir und auch dir. Sie werden nur etwas lernen, wenn wir es ihnen beibringen. Also lehren wir sie. Um die Erde zu retten, sind meine persönlichen Abneigungen nicht so wichtig. Aber, Troy, du lenkst uns beide vom Thema ab. Ich habe dich gefragt, was du auf dem Herzen hast, und ich weiß, dass du nicht wirklich über das hier nachgedacht hast."

Es erstaunte Troy immer, wie gut Evan reden konnte. Er hielt viele Vorträge und war Umweltaktivist, verantwortlich für die Schaffung umweltfreundlicher und nachhaltiger Produktionsprozesse für alle Entwicklungen von InnoCell, einschließlich Troys Erfindungen. Viele Leute versuchten, Evan als Bodybuilder abzutun, der unmöglich alles erreicht haben konnte, was er erreicht hatte. Nicht angesichts der Tatsache, dass er aussah, als würde er zehn Stunden am Tag im Fitnessstudio verbringen.

Die Wahrheit war jedoch, dass Evan einen großen Teil seiner Muskelmasse dadurch gewann, dass er sich um die Erde kümmerte und für sie einsetzte. Unzählige Male hatte er InnoCell in aller Eile verlassen und war wochenlang verschwunden, um nach einer Katastrophe bei den Aufräumarbeiten zu helfen. Er konnte sogar Schichten von der Erdkruste öffnen und schließen und dem Boden helfen, sich zu erholen, indem er giftige Abfälle, die dort feststeckten, entfernte. Seine Magie war wirklich erstaunlich, und Troy interessierte sich wirklich dafür. Aber Evan hatte recht gehabt, dass Troy nur von dem hatte ablenken wollen, was ihn eigentlich beschäftigte. Da Troy jedoch dafür verantwortlich war, Dinge zu erschaffen, die den Menschen halfen, fragte er sich, wie er gleichzeitig auch der Erde helfen konnte, so wie Evan es tat. Wenn er sein aktuelles Projekt beendet hatte, könnten er, Mr. Breves und Evan vielleicht zusammen an einem Projekt arbeiten, um in der die Welt ein wenig aufzuräumen.

Er fragte sich auch, was Anna von all dem halten würde. Troy vermutete, dass es ihr gefallen würde. Aber er wusste es nicht mit Sicherheit, da er nie mit ihr darüber gesprochen hatte. Wie viel ihres Lebens hatte er verpasst? Mehr als ihm bewusst gewesen war, vermutete er. Er wusste nicht mehr, was sie über verschiedene Dinge dachte. Sie hatte sich im Laufe der Jahre verändert, und Troy wollte genau wissen, wie. Was an ihr war jetzt anders?

Sogar die Art, wie sie im Bett gewesen war, war ein wenig anders gewesen, auch wenn sie definitiv immer noch Anna gewesen war. Er wollte alles an ihr neu entdecken.

Während Troy seinen Gedanken nachhing, beobachtete Evan ihn und wartete. „Erinnerst du dich an diese Anwältin, Anna Johnson, die dir ein wenig bekannt vorkam?", fragte Troy schließlich.

„Oh, ja, der heiße Feger? Schwer zu vergessen."

Troy wusste, dass Evan es nicht so gemeint hatte, aber Troys Haut kribbelte trotzdem vor Magie. Seine Verärgerung und diejenige seines Drachen traten an die Oberfläche; ein Beweis für den instinktiven Anspruch, den er immer noch auf Anna hatte. Sie war sehr attraktiv, aber er wollte nicht, dass jemand anderes so über sie sprach. Anstatt das aber laut auszusprechen, da er immer noch vermutete, dass es eine Überreaktion war, warf er Evan nur einen verärgerten Blick zu.

„Sie ist meine Ex von vor fünf Jahren", sagte er.

Der Ausdruck auf Evans Gesicht veränderte sich und seine Augen weiteten sich, als er sich erinnerte. „Mist! Kein Wunder, dass ich sie erkannt habe. Sie war diejenige, wegen der du monatelang so fertig warst." Er bekam einen grimmigen Ausdruck. „Kein Wunder, dass du dich so seltsam benimmst, seit ich dich in diese Sache verwickelt habe. Hätte ich das gewusst, hätten wir das vielleicht anders angehen können, um zu verhindern ..." Er brach mitten im Satz ab und sah dann zu Troy auf.

Troy zuckte mit den Schultern. „Es ist keine so große Sache. Es hat mich nur überrascht. Ich war mir nicht sicher, was ich von all dem halten sollte."

Vor allem, weil sie vor ein paar Tagen aus heiterem Himmel den heißesten Sex ihres Lebens gehabt hatten. Er wollte das Evan allerdings nicht erzählen, da er keine Ahnung hatte, wie er es erklären sollte.

„Du willst also nicht auf die Party gehen", sagte Evan. „Glaubst du, sie ist auch so wie drauf wie ...", er gestikulierte zu Troy, „du?"

Troy sah ihn finster an. „Ich glaube, ihr ist all das egal."

Das stimmte allerdings überhaupt nicht. Es war ihr nahe gegangen, aber sie bemühte sich sehr, es nicht zu zeigen.

„Wenn dem so ist, dann denkst du zu viel darüber nach. Du fühlst dich scheiße, weil du sie so behandelt hast. Egal. Steh deinen Mann", sagte Evan. Er machte eine kreisende Bewegung mit seinem Glas und trank es dann aus. Troy tat es ihm gleich. „Das ist nicht der richtige Zeitpunkt für Unentschlossenheit. Du willst sie. Du willst das, was du falsch gemacht hast, wiedergutmachen. Und wenn das nichts ändert, tust du dein Bestes, es zu akzeptieren, aus deinen Fehlern zu lernen und weiterzumachen. Das ist alles, was du tun kannst. Was auch immer du jetzt tust? Es funktioniert nicht."

Troy nickte. „Vielleicht kommt sie gar nicht zur Party. Oder vielleicht kommt sie doch. So oder so, du hast recht. Ich betrachte das alles nur aus dem falschen Blickwinkel."

Welchen Grund hatte Anna, nicht auf die Party zu gehen, wenn sie wirklich über alles hinweg war? Aber nach dem, was Anna gesagt hatte, nachdem sie Sex gehabt hatten, war Troy sich nicht sicher. Es sah so aus, als wollte sie ihn im Bett haben. Aber weil er sie so verletzt hatte, wollte sie nicht einmal mehr über eine erneute Beziehung nachdenken. Er hatte seine einzige Chance vertan, wie sie es ausgedrückt hatte. Und er verstand es. Aber Troy glaubte nicht, dass diese eine Chance fair gewesen war, zumal sie beide jung, dumm und verwirrt gewesen waren. Und jetzt ... waren sie beide reifer, hatten eine bessere Vorstellung von ihrem Lebensziel, von dem, was sie brauchten. Würde sie wirklich Nein sagen, wenn sich herausstellte, dass sie sich gegenseitig brauchten?

„Du kommst also zur Party?", fragte Evan.

Troy grinste und war sich endlich sicher. „Das lasse ich mir nicht entgehen."

Und wenn Anna wirklich auch kommen sollte, würde er sich die Chance nicht entgehen lassen, endlich mit ihr zu reden und die Dinge zwischen ihnen klarzustellen. Zwischen ihnen war etwas, und es war anders als damals, als sie zusammen gewesen waren. Und Troy wollte diese Gelegenheit nicht ungenutzt lassen.

7

ANNA

Anna probierte ein viertes Kleid an – ein glänzendes schwarzes Satinkleid mit Spitze, und obwohl es ihr gefiel, wanderte auch dieses auf den „Nein"-Stapel auf dem Bett. Das Kleid gab ihr das Gefühl, dass sie genauso gut ein Schild mit der Aufschrift hätte tragen können: „Bemüht sich zu sehr", und das wäre nicht gut, vor allem, da sie sich gar nicht bemühen sollte. Eigentlich sollte sie gar nicht auf diese Party gehen. Troy würde wahrscheinlich dort sein. Aber das war auch genau der Grund, warum sie hingehen wollte.

Zwischen ihnen war es aus. Aus, erledigt, vorbei. Und doch sehnte sie sich nach seinen heißen Händen auf ihren Schenkeln, zwischen ihren Beinen, seiner heiseren Stimme an ihrem Ohr, seinem Knurren, wenn er in ihren Hals biss. Sie erschauderte bei dem Gedanken und schlang die Arme um ihren nackten Körper, wobei sie sich beinahe Glauben machen konnte, dass es seine Arme wären.

Sie riss sich aus dem Tagtraum und begann, nach etwas anderem zum Anziehen zu suchen. Warum konnte sie sich nicht entscheiden, was sie wegen Troy tun wollte? Es war schwierig, sich von ihm fernzuhalten, da sie wusste, dass er sofort den Hörer abnehmen würde, wenn sie anrufen würde. Sie wollte mit ihm reden. Ihm sagen, was ihr durch den Kopf ging, wie genau er sie verletzt hatte, damit sie ... Sie war sich nicht sicher. Wollte sie wirklich neu anfangen, oder spielte ihr Körper ihr nur einen Streich, weil er so verdammt gut im Bett war?

Sie hatte seitdem nicht mehr aufhören können, an ihn zu denken, und sie war sich nicht sicher, was sie tun sollte. Sie konnte ihm keine zweite Chance geben, denn wegen ihm hatte sie die „Eine-Chance-Regel" eingeführt. Sie konnte sich einfach nicht dazu durchringen, vor allem, weil sie wusste, dass sie sich damit nur wieder in Gefahr bringen würde. Das war es doch nicht wert, oder? Anna musste vor allem sich selbst schützen.

Das Klingeln ihres Handys riss sie aus ihren Gedanken, und sie warf einen Blick auf das Display. Dort prangte der Name ihres Ex. Matt. Annas Stimmung verschlechterte sich sofort, und sie lehnte den Anruf ab. Seit ihrer Trennung hatte sie kaum noch an ihn gedacht, weil sie sich jetzt wegen Troy Sorgen machen musste, und sie hatte schon vor langer Zeit beschlossen, dass Matt ihre Zeit nicht wert war. Sie hatte ihren Standpunkt sehr deutlich gemacht: Sie würde nicht zu ihm zurückkehren, vor allem nicht nach all den widerwärtigen Dingen, den er bei ihrem letzten Gespräch gesagt hatte.

Aber er rief erneut an. Es war nicht das erste Mal, und es würde auch nicht das letzte Mal sein. Sie hatte seine Nummer zwar blockiert, aber es sah so aus, als hätte er mehrere Telefonnummern, von denen aus er sie anrief. Wahrscheinlich, damit er seine Partnerinnen leichter betrügen konnte. Wie oft würde sie ihn noch blockieren müssen, bevor er es kapierte oder zu drastischeren

Methoden überging, als sie nur mit Anrufen zu belästigen?

Sie hoffte, dass es nicht so weit kommen und er schließlich aufgeben würde. Aber das war eher unwahrscheinlich.

Auch würde sie sich diesen Abend nicht von ihm ruinieren lassen. Obwohl die Party nicht wirklich für sie ausgerichtet worden war, wollte sie sie dennoch als eine Art persönliche Feier nutzen. Obwohl es noch nicht offiziell war, hatte sie dennoch mitbekommen, dass es Zeit für ihre Beförderung war. Es könnte jederzeit so weit sein. Sie war aufgestiegen in der Welt. Ein weiterer Erfolg für Anna, eine weitere Niederlage für ihren Vater.

Anna zog ein anderes Kleid aus ihrem Schrank, ein kürzeres, dunkelviolettes, das besonders ihre Hüften betonte. Es würde genügen müssen. Sie versuchte sich einzureden, dass es egal war, was Troy darüber dachte ... Und doch hoffte sie, als sie zur Party aufbrach, dass es Troy gefallen würde.

DIE PARTY WAR ... der Wahnsinn. Sie fand im nobelsten Hotel von Blackfall statt, mit funkelnden Kronleuchtern, teurem Wein und Essen sowie Hunderten von Leuten in Sälen mit hohen Decken. Angesichts der vielen wichtigen Leute, die anwesend waren – neben den InnoCell-Führungskräften –, war Anna überrascht, dass es kein Red-Carpet-Event war.

Sie kam sich in ihrem kurzen lila Kleidchen etwas underdressed vor. Das schwarze Satinkleid hätte vielleicht besser gepasst. Was zählte, war jedoch, dass sie sich wie sie selbst fühlte und nicht wie eine hirnlose Requisite. Am Eingang schnappte Anna sich ein Glas Rotwein, um ihre Nerven zu beruhigen. Der schwere Geschmack nach Beeren wirkte Wunder, während sie sich durch die Menge schob, lächelte, winkte und mit jedem, den sie sah und den sie von der Arbeit her kannte, ein paar Worte tauschte. Viele der Anwesenden arbeiteten in ihrer Kanzlei, einige andere hatte sie über ihren Job kennengelernt.

Dass so viele von ihnen hier waren, überraschte Anna. Sie wusste nicht genau, wie sie mit InnoCell oder Light Productions verbunden waren. War InnoCell größer, als sie dachte? Während sie nach einem Tisch mit einem freien Platz neben jemandem suchte, den sie gut genug kannte, um den Abend mit ihm genießen zu können, ertappte sie sich dabei, wie sie auch nach Troy Ausschau hielt. Ihr Herz krampfte sich zusammen, als ihr klar wurde, was sie da tat. Warum tat sie sich das schon wieder an? Sie musste endlich loslassen, so wie sie es eigentlich schon längst hätte tun sollen.

Aber sobald sie sich überzeugt hatte, mit dem Suchen aufzuhören, entdeckte sie ihn in der Menge, ein paar Tische weiter, und sah, wie er sich zwischen den Leuten hindurchschob. Als sie stehen blieb, um ihn anzustarren, war es, als ob sein Blick von ihrem wie ein Magnet angezogen wurde. Mehrere Sekunden – oder vielleicht Minuten – lang starrten sie sich an. Er trug einen wunderschönen, goldenen Anzug mit einem schwarzen Hemd darunter, das perfekt zu seinem Haar passte und seine Augen betonte. Sie starrte in seine ozeanblauen Augen, in denen sie sich verlor. Und er starrte sie an, als hätte sich plötzlich die ganze Party um sie herum aufgelöst. Es gab nur noch sie beide, sonst niemanden.

Anna wandte den Blick ab und durchbrach die tranceartige Atmosphäre. Ihr Herz raste. Sie verspürte den Drang, zu ihm zu rennen, sich in seine Arme zu stürzen und ihn zu küssen, egal wie viele Leute es sehen würden. Aber sie konnte es nicht tun. Egal, wie oft sie versuchte, sich einzureden, dass sie alles würde vergessen können, was in ihrer Beziehung schiefgelaufen war, sie kam immer wieder zu demselben Punkt: Sie konnte ihm nicht verzeihen, wenn sie nicht wusste, was genau sie zu verzeihen hatte.

Sie wandte sich ab, als sie sah, wie er sich auf sie zubewegte. Verzweifelt suchte sie in der Menschenmenge nach jemandem, mit dem sie ein Gespräch anfangen könnte, um Troy zu entgehen. Vielleicht würde sie irgendwann mit ihm reden, aber nicht jetzt. Sie war noch nicht bereit dafür.

Zum Glück entdeckte sie Clarissa und ging auf sie zu. „Clarissa! Ich bin so froh, dich hier zu sehen. Wow, hier sind so viele Leute."

Clarissa lächelte und zeigte ihre Grübchen. „Ganz schön viel los, nicht wahr? Ich habe nicht mit so vielen Leuten gerechnet."

„Ich auch nicht. Habt ihr schon einen Tisch?"

„Mein Mann und ich haben schon früh einen Platz ergattert, und wir haben für alle Fälle ein paar weitere reserviert. Du kannst dich zu uns setzen, wenn du noch keinen Platz gefunden hast."

Anna stieß einen Seufzer der Erleichterung aus. „Das würde ich gerne. Wie es aussieht, sind alle anderen Tische besetzt." Sie gingen in die entgegengesetzte Richtung von Troy, und Anna warf einen Blick über ihre Schulter, um zu sehen, wie er hinter zwei Kellnern stehen blieb, die einen Essenswagen zwischen den Tischreihen hindurchschoben. Sie drehte sich wieder zu Clarissa. „Ich wollte mich bei dir für deine gute Arbeit beim Verkauf von Light Productions bedanken. Ernsthaft, ohne dich hätte ich das nicht geschafft."

Eine Kellnerin sah Annas leeres Glas und füllte es im Vorbeigehen mit einer soeben geöffneten Flasche auf. Anna freute sich über das gefüllte Glas und nippte daran, froh, den mittlerweile vertrauten Geschmack des Weins zu schmecken. Mit leerem Magen begann der Alkohol bereits zu wirken, aber das wäre kein Problem mehr, sobald sie Platz genommen und etwas zu essen bestellt hätte.

„Sag das nicht. Du bist viel kompetenter, als du es dir eingestehst", erwiderte Clarissa. „Aber natürlich habe ich gerne geholfen. Ich habe schon lange nicht mehr an einem so spaßigen Projekt gearbeitet."

Anna hob die Augenbrauen. „Spaßig?"

„Na ja, weißt du. InnoCell ist so eine interessante Firma. Die sind so ... innovativ." Clarissa machte ein verschwörerisches Gesicht. „Und so geheimnisvoll. Jeder fragt sich ständig, was sie als Nächstes tun. Und, weißt du, jeder stellt Vermutungen an, aber niemand weiß es mit Sicherheit, weil ihre Entwicklungsabteilung hermetisch abgeriegelt ist und alle loyal sind. Das macht einen stutzig."

„Ich hoffe, du unterstellst ihnen nichts Schlechtes", sagte Anna und klang dabei etwas eingeschnappter, als sie beabsichtigt hatte.

„Nein, nein, das ist nur Klatsch und Tratsch." Clarissa lachte. „Ich hoffe, dass sie mit all ihren verrückten Ideen Erfolg haben werden. Es wäre schön, einmal einen großen Konzern zu erleben, der wirklich für die Leute da ist und nicht nur auf Profit aus ist. Aber was weiß ich schon? Wie dem auch sei, ich wünschte, sie wären unsere Mandanten. Es würde Spaß machen, für sie zu arbeiten."

Anna dachte darüber nach, wie leidenschaftlich Troy von seiner Arbeit gesprochen hatte. War jeder bei InnoCell so? In Anbetracht ihrer Mission müssten sie es wohl sein. Sie hatte Videos gesehen, in denen der CEO und einige andere leitende Angestellte über die Zukunft des Unternehmens und der Welt diskutiert hatten, aber nie Troy. Beinahe hätte sie hinter sich geschaut, um nachzusehen, wie nahe er ihr gekommen war. Sie erwog, langsamer zu gehen, damit er sie einholen konnte.

Sie schüttelte den Gedanken jedoch ab. „Weißt du, woher ihre Rechtsberater kommen?"

„Nein", sagte Clarissa. „Ich kenne ihre Anwälte nicht. Und ich kenne jeeeeden aus Blackfall. Sie müssen sich wohl hochkarätige Anwälte von außerhalb geholt haben. Nicht, dass ich ihnen das übel nehme. Aber, hey, die Anwälte aus Blackfall haben auch ihre Vorteile." Sie stupste Anna in die Seite. „Ich habe gesehen, wie dieser Mr. Frest dich angestarrt hat. Wenn du ein paar deiner Verführungskünste einsetzt, könntest du ihn sicher als Mandanten gewinnen."

Anna lachte, um die Röte zu verbergen, die ihr ins Gesicht gestiegen war. „Unmöglich! Das kann nicht dein Ernst sein."

„Oh, entspann dich. Ich mache nur Spaß. Komm, unser Tisch ist gleich da drüben." Clarissa winkte ihrem Mann George zu, der hinter einer Gruppe Menschen stand.

„Denkst du manchmal, dass ..."

Eine Hand griff nach ihrer Schulter, und zuerst dachte Anna, es wäre Troy. Als sie sich jedoch umdrehte, sah sie jemand ganz anderes. Matt, ihren Ex.

„Hi, Annie", sagte er. Irgendetwas an seiner Stimme war ungewohnt. Er klang gefährlich.

Alarmglocken schrillten in ihrem Kopf und die Haare in ihrem Nacken standen ihr zu Berge. Sie versuchte, ihre Schulter aus seinem Griff zu ziehen, aber er war stark; viel stärker, als sie ihn in Erinnerung hatte. Er fuhr mit seiner

Hand besitzergreifend ihren Arm hinunter und packte ihren Bizeps mit seinen fleischigen Fingern. Sie warf einen Blick über ihre Schulter und suchte nach Clarissa, aber sie war schon weg, irgendwo in der Menschenmenge verloren.

„Lass mich los. Du kannst hier nichts machen. Es sind zu viele Leute da", sagte sie.

„Da wäre ich mir nicht so sicher", entgegnete Matt. In seinen Augen lag ein wilder, raubtierhafter Glanz. „Wenn du zu verstehen geben solltest, dass etwas nicht stimmt, wirst du es bereuen."

Anna bekam es mit der Angst zu tun. Wie hatte sie das nicht schon früher an Matt bemerkt? Irgendetwas stimmte nicht mit ihm. Sie konnte nicht glauben, dass ihr das je entgangen war, dass sie ihn überhaupt an sich rangelassen hatte. Der Alkohol durchströmte sie, und sie konnte nicht klar denken. Sie wusste nicht, wie sie aus dieser Situation herauskommen sollte, ohne eine Szene zu machen.

„Wie bist du hier reingekommen? Diese Party ist exklusiv", flüsterte Anna. Sie bewegte den Kopf nicht, aber ihr Blick huschte zwischen den Gesichtern in der Menge hin und her. Warum sah niemand, was hier passierte? Warum waren jetzt all die bekannten Gesichter verschwunden? Sie flehte mit ihren Augen um Hilfe, aber niemand nahm Notiz davon.

„Eine Kopie der Einladung ist an mein Büro weitergeleitet worden. Ups. Sieht aus, als hättest du vergessen, deine Adressliste zu aktualisieren."

Anna blinzelte. Mist. Verdammter Mist. Es war ihre Schuld. „Was willst du?"

„Ich habe immer nur eines von dir gewollt, Annie", antwortete Matt. Er lehnte sich dicht an sie heran, und sein Atem roch nach einem ekelhaft süßen Wein. „Ich habe ein sehr schönes Badezimmer entdeckt, als ich nach dir gesucht habe. Wir beide werden unauffällig hingehen, wie das glückliche Paar, das wir sind, und du wirst brav sein, so wie du es immer warst, und mich mit dir machen lassen, was ich will. Und du wirst mich das auch weiterhin tun lassen, wo und wann immer ich will, denn ich scheue nicht davor zurück, dich oder die Menschen, die dir wichtig sind, zu verletzen, um zu bekommen, was ich will. Hast du verstanden?"

Seine Worte sorgten dafür, dass ihr speiübel wurde. Es war ihr egal, ob er ihr etwas antun würde, aber nicht, dass ihre Liebsten in Gefahr waren. Ihre Großmutter, ihre Familie, Freunde ...

„Ich ... Ich habe Freunde bei der Polizei. Meine Familie hat Einfluss. Wenn du ihnen etwas antust, werden sie ..."

„Solche Leute können Leuten wir mir nichts anhaben."

Anna zitterte. Sie hatte keine Ahnung, was er meinte, und doch glaubte sie ihm. Was hatte er vor? Sie wollte verzweifelt um Hilfe rufen, ihn loswerden. Aber was würde das bringen? Vielleicht könnte sie ihn sich jetzt vom Hals schaffen, aber er wusste, wo sie wohnte und arbeitete. Er wusste, wo ihre Familie lebte. Was, wenn er eine Waffe hatte und mitten auf der Party durchdrehte?

„Okay ... okay, bringen wir es einfach hinter uns", sagte sie. Sie hätte am liebsten gesagt, dass sie ihre Würde bewahren wollte, dass sie keine Angst hatte. Aber sie war zu Tode geängstigt, und ihre Stimme zitterte und zeigte es.

„Oh, sei doch nicht so. Wenn ich mit dir fertig bin", er beugte sich näher heran, und Anna zuckte zusammen, „wirst du meinen Namen schreien."

Er schob sie nach vorne, aber bevor er noch weiter kam, entdeckte sie Troy in der Menge. Er sah sie direkt an, im Gegensatz zu allen anderen um sie herum. Ein besorgter Blick huschte über sein Gesicht, und er war im Nu bei ihr.

„Anna?", fragte Troy und sah zwischen ihr und Matt hin und her, der immer noch ihren Arm festhielt. „Ist hier alles in Ordnung?"

„Es ist alles in Ordnung. Kümmern Sie sich um Ihren eigenen Kram", sagte Matt. „Meine Süße hier fühlt sich nur ein bisschen ..."

Anna schüttelte den Kopf, ganz subtil, aber bestimmt, und flehte ihn mit ihrer Körpersprache und ihren Augen an; mehr, als sie es jemals in ihrem Leben getan hatte. Troy verstand ihr stummes Flehen anscheinend, denn er packte Matts Arm und drängte ihn von Anna weg.

„Lass sie in Ruhe. Siehst du nicht, dass es ihr unangenehm ist?", knurrte Troy. Es lag ein Hauch von Wut in seiner Stimme, aber Matt erwiderte nichts. Er starrte Troy und dann Anna nur an, mit einem Blick, der sagte, dass das hier noch nicht vorbei war.

Dann verschwand er in der Menge.

Annas Beine zitterten, und sie fürchtete, sie würde zusammenbrechen. Sie hatte keine Ahnung, wie sie sich aufrecht halten sollte.

„Wer war das?", fragte Troy, seine Stimme war immer noch ein wenig schroff. Er sah wütend aus, als er den Blick auf sie richtete, aber sein Ausdruck wurde schnell weicher, als er ihren Zustand bemerkte. „Hey, bist du okay? Du zitterst ja."

Das tat sie, und zwar heftig. Sie konnte ihre Arme nicht ruhig halten und musste sie um ihren Oberkörper schlingen. Ihr Magen fühlte sich an, als würde er vor lauter Unruhe und Angst gleich explodieren, und sie wusste nicht einmal, warum. Das war Matt gewesen, und doch schien er ganz anders gewesen zu sein. Er hatte etwas Schreckliches und Ekelhaftes an sich gehabt, und sie fühlte sich wiederum schrecklich und ekelhaft, weil er sie berührt hatte.

Tränen füllten ihre Augen, aber sie konnte nicht weinen. Nicht hier, nicht in Gegenwart von Troy. Er hatte sie bereits in einem so verletzlichen Zustand vorgefunden, und obwohl sie ihm dankbar war, konnte sie nicht ...

Bevor Troy sie aufhalten konnte, schob sie sich durch die Menge. Es waren zu viele Menschen hier, und es überkam sie ein Gefühl der Enge. Sie brauchte frische Luft, um nachzudenken, um hier rauszukommen und nach Hause zu gehen. Sie brauchte eine heiße Dusche, um Matts Berührung von ihrer Haut zu schrubben. Hinter ihr hörte sie, wie Troy nach ihr rief, aber sie drehte sich nicht um.

Anna sog tief die Luft ein, als sie wieder draußen war. Die kühle, frische Herbstluft füllte ihre Lungen, aber sie war ein wenig zu dünn angezogen für die Kälte, und sie fröstelte auf den Stufen, die zum Garten des Hotels führten. Heute Abend herzukommen, war ein großer Fehler gewesen. Da war zum einen Troy, über den sie sich Gedanken machen musste, und jetzt auch noch Matt ... Sie musste ihn anzeigen. Sie brauchte einen Plan, um sich und ihre Familie zu schützen, denn sie konnte ihn nicht mehr in ihre Nähe lassen.

Sie wollte gerade aufstehen und zu ihrem Auto gehen, als sie Schritte hinter sich hörte, und dann wurde ihr eine goldene Anzugjacke über die Schultern gelegt. Der Stoff der Jacke war beruhigend, und ohne nachzudenken umklammerte sie die Ärmel, um sich warm zu halten.

Troy setzte sich auf die Stufe neben sie, schweigend, aber er betrachtete sie mit sorgenvollem Ausdruck. Anna tat so, als würde sie es nicht bemerken, als wäre sie zu sehr in ihre eigenen Gedanken vertieft. Aber in Wirklichkeit dachte sie darüber nach, wie sehr sie es hasste, dass sie es sich unnötig schwer machte. Neben ihr saß Troy, der sich so sehr bemühte, einfach nur mit ihr zu reden, und der so fürsorglich war. Und dann war da Matt, der sie und ihrer Familie bedroht hatte, wenn sie nicht mit ihm schlafen würde. Das alles brachte sie dazu, sich zu fragen, warum sie sich überhaupt so sehr gegen Troy wehrte. Dennoch war Matts Verhalten nicht gerade ein Grund für sie, sich in eine neue Beziehung zu stürzen.

„Danke für ... dafür", sagte Anna. Mehr brachte sie im Moment nicht heraus. Sie war den Tränen nahe, wenn sie nur daran dachte, und atmete zitternd ein und aus.

„Willst du darüber reden?", fragte Troy.

„Nein." Anna bereute die Antwort, sobald sie sie ausgesprochen hatte. Denn, ja, sie wollte darüber reden. Sie musste jemandem erzählen, was gerade passiert war, und irgendetwas sagte ihr, dass sie es Troy anvertrauen konnte. Er hatte ihr das Herz gebrochen, aber er hatte sie nicht ein einziges Mal bedroht oder ihr das Gefühl gegeben, wertlos oder in Gefahr zu sein. Er würde etwas unternehmen, wenn er könnte, oder ihr zumindest helfen herauszufinden, was sie tun sollte.

Nach einer Weile fing sie an, unsicher mit den Füßen zu wackeln. „Das war mein, ähm, Ex-Freund. Ich habe vor zwei Wochen mit ihm Schluss gemacht."

„Ich weiß, dass es mir nicht zusteht, etwas dazu zu sagen, aber es sah so aus, als hätte er dich wirklich verunsichert."

Anna nickte. Sie konnte sich nicht dazu durchringen, die Details zu erzählen. „Er hat mich mitten auf der Party bedroht, und du warst der Einzige, der es bemerkt hat."

„Er hat dich bedroht?", knurrte Troy, und Anna hob überrascht den Kopf. Er stand auf. „Ich werde ihn finden und mich darum kümmern."

„Nein! Bitte. Nicht ... Ich werde eine Lösung finden. Er

hat noch nichts getan, und ich werde ihm nicht die Chance dazu geben. Ich muss nur nachdenken."

„Willst du, dass ich dir einen Sicherheitsdienst besorge oder so? Jemanden, der zumindest ein Auge auf dich wirft?"

Sie schüttelte den Kopf. „Ich komme schon klar. Es ist meine Oma, um die ich mir Sorgen mache. Könntest du ...?"

„Ja, natürlich. Ich ..." Troy setzte sich wieder, diesmal ein bisschen näher, und er zögerte, bevor er ihre Hand nahm. Ihre Finger waren so kalt, und sie bemerkte seine Berührung erst, als sich seine warme Hand um ihre gelegt hatte. „Anna, ich sorge dafür, dass sie in Sicherheit ist."

Sie schaute auf in seine Augen, das Blau schimmerte im schwachen Licht. Es waren nicht nur seine Hände, die warm waren, sondern alles an ihm. Es war, als ob ein elektrischer Puls zwischen ihnen beiden vibrierte, der sie anflehte, sich in seine Arme zu werfen. Aber sie konnte nicht. Nicht solange sie noch wegen dem, was Matt ihr hatte antun wollen, erschüttert war. Troy hatte ihr geholfen, und dafür war sie dankbar, aber ... zwischen ihnen war so viel vorgefallen.

„Danke", sagte sie nach einer Weile.

Troy brach den Blickkontakt ab, seufzte und sah auf ihre Hände herab. „Anna, ich weiß, was du wahrscheinlich von mir denkst ... Aber ich habe ernst gemeint, was ich vorhin gesagt habe. Ich bereue all das, was ich getan habe, um dich zu verletzen."

Anna schloss die Augen. Sie konnte dieses Gespräch jetzt nicht führen, aber sie wollte auch nicht gehen. Troys Anwesenheit tröstete sie auf eine Weise, die sie nicht verstand. „Es reicht nicht, es nur zu bereuen", sagte sie.

„Ich weiß, und deshalb will ich dir alles erzählen. All die Geheimnisse, dass ich immer verschwunden bin, als wir zusammen waren ... Ich möchte dir alles erklären", sagte er.

„Wenn du mich lässt, natürlich. Wenn es noch nicht zu spät ist."

Sie hielt die Augen geschlossen und dachte über seine Worte nach. War es schon zu spät? Sie war dieser Ansicht gewesen, aber jetzt war sie sich nicht mehr so sicher. Alles an Troy widersprach ihren vorherigen Erwartungen. Welchen Schaden konnte es verursachen, ihn alles erklären zu lassen? Selbst wenn es nichts änderte, könnte sie wenigstens einen Schlussstrich ziehen. Sie könnte aufhören, sich zu fragen, warum er so entschlossen gewesen war, ihre Beziehung zu ruinieren.

„Okay. Ich höre", erwiderte sie.

Troy drückte ihre Hand. „Ich möchte dir alles erklären, aber das können wir nicht hier tun. Oder ... jetzt."

„Warum nicht?"

„Du hast ein bisschen was getrunken, oder?"

Anna zuckte mit den Schultern. „Das hast du auch."

„Das ist das Problem. Ich möchte, dass wir beide völlig nüchtern sind. Du sollst sicher sein, dass ich alles, was ich sage, ernst meine, und das wäre jetzt nicht möglich ... Ich hoffe, du verstehst das."

Anna war ein wenig enttäuscht, weil sie sich für sein Angebot geöffnet hatte. Und jetzt sagte er ihr, dass sie es noch nicht wissen durfte? Aber welche Wahl hatte sie denn? Sie wollte es wissen. Und er hatte wahrscheinlich recht, dass sie dieses wichtige Gespräch erst dann führen sollten, wenn sie ganz sie selbst waren. Außerdem konnte Anna im Moment kaum denken. Sie war sich bewusst, wie nah Troy bei ihr war, dass sie sich nicht weit bewegen musste, um ihn zu berühren.

Sie wollte mehr, als ihn nur zu berühren, und sie war sich nicht sicher, ob es der Alkohol oder sie selbst war, die danach schrie, ihn zu küssen und ihn aus seinem goldenen Anzug zu schälen.

„Dann lass uns morgen früh einen Kaffee trinken", sagte Anna.

Troy nickte. „Ich weiß auch schon, wo."

Er half ihr zurück zu ihrem Auto, und die ganze Zeit über fühlte sich sein Arm auf ihrem Rücken an wie ein Feuerband, das sich in ihre Haut brannte. Sie wollte nicht ohne ihn sein. Sie konnte heute Abend sowieso nicht nach Hause gehen, nicht nach Matts Drohungen, und sie hätte Troy gerne in ein weiteres Hotel mitgenommen ... Aber sie tat es nicht. Endlich würde sie Antworten auf die Fragen zu bekommen, die sie sich seit Jahren stellte, und das wollte sie nicht gefährden.

8

TROY

Sheki's Café war ein kleines, gemütliches Lokal, nicht weit von InnoCell entfernt, und Troys Lieblingsort, wenn er Lust auf gutes Essen oder Kaffee hatte, anstatt ihn ins Büro zu bestellen. Außerdem trafen sich dort Vertreter der magischen Welt, die in der menschlichen existierten, ohne dass es jemand bemerkte.

Das Beste daran war Troys Meinung nach, dass die Tische entlang der hinteren Wand mit einem Sichtschutzzauber abgeschirmt waren. Niemand, der außerhalb davon saß, konnte die darin stattfindenden Gespräche hören oder sehen, woran man arbeitete. So kam Troy manchmal hierher, um in einer anderen Umgebung an seinen Projekten zu tüfteln. Also schienen diese Plätze ideal, um das sensible Gespräch mit Anna zu führen. Er war nicht nur im Begriff, die Wahrheit über sich selbst zu enthüllen, sondern auch über sein ganzes Leben, einschließlich seiner Arbeit.

Aber ehrlich gesagt war er ziemlich nervös. Das Ganze konnte gewaltig nach hinten losgehen. Das Einzige, das ihn hoffen ließ, dass das nicht der Fall sein würde, war, dass er das alles *Anna* sagen würde und nicht irgendeiner Fremden. Sie würde ihm bestimmt vertrauen. Zumindest würde er sie überzeugen können, dass er die Wahrheit sagte.

Troy wartete ein paar Minuten auf sie, aber sie schien sich ein wenig zu verspäten, also bestellte sich Troy einen schwarzen Kaffee. Er beobachtete das geschäftige Treiben in dem kleinen Café, die selbstvergessenen Menschen, die an ihren Laptops an der Fensterfront arbeiteten, an ihren Lattes nippten und Donuts aßen. Währenddessen flogen, für die Augen der meisten unsichtbar, kleine Feen zwischen dem Gebälk herum, die in einer Miniaturversion des Cafés, die auf den Holzbalken ausgelegt war, Tee oder Kaffee tranken. Weitere Feen schrieben die Bestellungen auf verzauberte grüne Blätter und flogen in und aus Glasstrukturen, die wie Pilze geformt waren.

Wenn es dazu käme, würde er Anna das alles als Beweis zeigen. Aber so weit würde es wohl nicht kommen.

Er schaute auf sein Handy. Zwanzig Minuten Verspätung, und keine Nachricht von ihr. Die Minuten vergingen, und er trank seinen Kaffee aus und beschloss, einen weiteren zu bestellen. Hatte sie es sich anders überlegt und war stattdessen abgehauen? Wenn er in ihrer Lage wäre und eine Ahnung davon hätte, was er sagen wollte, würde er vielleicht auch die Beine in die Hand nehmen. Aber er glaubte nicht, dass Anna das tun würde. Sie war durch und durch ein Vernunftmensch und hatte wahrscheinlich keinen Hang zur Magie ... Aber sie wäre nicht in der Lage, die Tatsachen zu leugnen, wenn er sie ihr vor Augen führte.

Allerdings musste sie dafür erst einmal hier sein.

Dreißig Minuten, und immer noch keine Nachricht. Sein Optimismus begann zu schwinden, und er begann sich stattdessen Sorgen zu machen. Was, wenn ihr etwas zugestoßen war? Sie hatte gesagt, dass ihr Ex sie bedroht hatte. Was, wenn sie ihm wieder begegnet war? Vielleicht hätte Troy einen von Liams Spionen auf sie ansetzen sollen, um sie zu beobachten. Er hatte einen geschickt, um ihre Großmutter zu beschützen, wie er es versprochen hatte. Aber er hatte Anna außen vor gelassen, wie sie es gewünscht hatte. War das die falsche Entscheidung gewesen?

Irgendetwas war mit ihrem Ex, wie auch immer er hieß, nicht in Ordnung gewesen. Troy hatte sich gestern nicht so viele Gedanken gemacht, aber jetzt, da er darüber nachdachte, war es durchaus möglich, dass er gar kein Mensch war. Und damit war er wesentlich gefährlicher als der typische gestörte Ex. Was, wenn er ebenfalls im Besitz von Magie war?

Troy wollte gerade aufstehen und nach ihr sehen, als Anna endlich durch die Eingangstür kam. Sie sah ein wenig erschöpft aus, ihre Haare waren offen und ein wenig durcheinander, nicht so gepflegt wie sonst. Sie trug eine alte Jacke und warme Handschuhe, nichts Ausgefallenes wie die letzten beiden Male, als er sie gesehen hatte. Und doch war sie schöner als all die vorherigen Male, an denen Troy sie gesehen hatte, sogar schöner als bei ihrer ersten Begegnung. Vielleicht war es die Magie dieses Ortes oder einfach nur seine tiefe Sehnsucht nach ihr – oder es waren seine Sorgen. Aber in diesem Augenblick machte sie ihn einfach sprachlos. Er konnte weder schlucken noch atmen, sondern beobachtete sie nur, wie sie das Café nach ihm absuchte.

Als sich ihre Blicke trafen, schmolz die Welt dahin, und er wusste irgendwie, dass am Ende alles gut werden würde, egal, was bis zu diesem Punkt passiert war.

Er winkte, und sie kam zu ihm und ließ sich dann auf das braune Sofa ihm gegenüber fallen. „Sorry, ich bin ...

wirklich spät dran, ich weiß, aber ich konnte letzte Nacht nicht schlafen und habe alle meine Wecker überhört."

Jetzt, da sie ihm gegenübersaß, bemerkte Troy die dunklen Schatten unter ihren Augen. Sie konnte nicht viel geschlafen haben, nachdem sie sich getrennt hatten, und es war noch ziemlich früh, noch nicht einmal 9 Uhr morgens. „Ist es wegen dem, was mit deinem Ex passiert ist?", fragte er und versuchte, nicht zu besorgt zu klingen.

Wenn er genau wissen würde, wer ihr Ex war, hätte Troy den Mann bereits beschatten lassen. Und er hätte definitiv eine böse Nachricht von Troy erhalten, weil er auch nur daran gedacht hatte, Anna zu verletzen.

Anna nickte. „Lass uns aber nicht darüber reden. Wir haben wichtigere Dinge zu besprechen."

Troy war sich nicht sicher, ob irgendetwas wichtiger war als Annas Sicherheit. Wahrscheinlich nicht einmal dieses Gespräch. Wenn es nötig wäre, würde er es aufschieben, denn ihre Sicherheit ging vor. Er wollte sie jedoch nicht dazu drängen, mehr zu sagen, denn das hätte sie nur weiter von ihm weggedrängt, jetzt, da es endlich möglich schien, die Kluft zu überbrücken.

Er erhielt seinen zweiten Kaffee, und Anna bestellte einen Cappuccino.

„Ich weiß wirklich nicht, wo ich anfangen soll", hob Troy an. Es gab so viel zu erzählen. Dass er ein Gestaltwandler war, ein Drache. Dass es Magie gab. Die Wahrheit bezüglich seiner Arbeit und ihrer ehemaligen Beziehung.

„Fang irgendwo an. Klein, vielleicht. Ich weiß es nicht, Troy. Sag mir einfach etwas", sagte Anna. Sie klang ein wenig gequält, als fiele es ihr schwer, hier zu sitzen und auf Antworten zu warten. Das genügte ihm, um den letzten Rest seiner Zweifel auszulöschen. Er musste es ihr sagen, bevor er seine Chance verlor.

Er nickte und bereitete sich innerlich auf ihre Reaktion vor. „Dann fange ich eben am Anfang an." Er begegnete ihrem Blick. „Ich bin kein Mensch, Anna. Nicht ganz."

Sie musterte ihn von oben bis unten. „Natürlich bist du ein Mensch! Das sind wir alle. Es gibt keine anderen Möglichkeiten." Ihre Stimme war leicht genervt.

„Es gibt tatsächlich noch andere Möglichkeiten", entgegnete Troy und versuchte, so geduldig wie möglich zu bleiben. Er hatte damit gerechnet, dass sie ihm widersprechen würde. „Ich bin halb Mensch. Und halb Drache."

Als er „Drache" sagte, streckte er den Arm aus und verband sich mit seinem Drachen-Ich. Der Drache grollte tief in seinem Inneren und gewährte Troy gerade so viel seiner Macht, dass sich ein Dutzend golden schimmernde Schuppen um seinen Arm rankten. Sie bildeten ein Muster, das sich um sein Handgelenk rankte.

Anna wich zurück und drückte den Kopf in den gepolsterten Sitz. Ihre Augen waren weit aufgerissen. „W-was machst du da? Wie ...? Ist das etwas, das du bei InnoCell gemacht hast?"

Fast hätte er gelacht, aber er blieb ernst, denn schließlich musste sie ihn ja auch ernst nehmen. „Das sind meine Drachenschuppen. Ich kann nach Belieben zwischen beiden Gestalten wechseln, und manchmal kann ich einzelne Drachen-Attribute annehmen. So wie das hier." Er ließ eine seiner Hände zu einer mit Schuppen besetzten Kralle werden und hielt sie ihr hin. „Du kannst sie anfassen, wenn du willst, und sehen, dass sie echt ist."

Anna starrte auf die Drachenklaue. Magie kribbelte durch Troys Arm, während er sich bemühte, nur seine Hand zu verwandeln. Seine goldenen Schuppen leuchteten ein wenig. Sie schaute zu ihm auf und blickte sich dann im Café um.

„Willst du mich verarschen? Warum kann das sonst niemand sehen?", fragte sie, nachdem sie bemerkt hatte, dass niemand zu ihnen herübersah.

„Dieser Bereich des Cafés ist mit einem magischen Zauber versehen, um zu verhindern, dass jemand bemerkt, was hier passiert. Es sei denn natürlich, es handelt sich um etwas Gewalttätiges oder Unnatürliches", antwortete Troy.

„Magischer Zauber?"

Er nickte, und Anna holte mehrmals tief Luft, bevor sie ihren Blick wieder auf ihn richtete. Sie sah verwirrt und verängstigt aus, und Troy machte sich Sorgen, dass er das völlig falsch angegangen war. Schließlich trank sie ihren Cappuccino aus und schaute dann wieder auf seinen Arm.

„Du schwörst, dass du mich nicht verarschst?", fragte sie.

„Tue ich nicht. Berühre es einfach, dann siehst du es ja."

Sie zögerte und streckte dann die Hand aus. Ihre Finger schwebten eine Sekunde lang über seinem Handgelenk, bevor sie es berührte, nur kurz, und ihren Arm dann wieder zurückkriss. Als sie merkte, dass ihr nichts passiert, berührte sie Troys Handgelenk erneut. Diesmal ließ sie ihre Finger dort verweilen. Sie fuhr mit ihnen über seine Schuppen, und diese knisterten leise bei ihrer Berührung, als wären sie erleichtert darüber, dass sie nach einer so langen Zeit der Trennung endlich verbunden waren. Sie war so sanft, und es fühlte sich an, als würde sie ihn streicheln.

„Wie ist das möglich?", fragte sie nach einer Weile.

„Die Welt ist voller Magie. Sie ist nur für die meisten Menschen, die nicht darüber verfügen, verborgen." Troys Puls begann sich zu beschleunigen, und er hatte das Gefühl, rasch alles erklären zu müssen. Er hatte Angst, dass sie ihm sonst nie wieder zuhören würde. „Es gibt nicht mehr so viele wie mich, und wir werden Gestaltwandler genannt. Ich und meine Freunde, wir alle können uns in Drachen verwandeln. Andere verwandeln sich in weitere Tiere oder Fabelwesen, wie Wölfe."

„Deine Freunde?"

„Ich ... Die anderen, die InnoCell leiten. Wir sind alle Drachen-Gestaltwandler."

In Annas Kopf schienen sich die Rädchen zu drehen, während sie das Gehörte verarbeitete. Zu Troys Freude nahm sie das alles ziemlich gut auf. Er versuchte, nicht daran zu denken, wie das Ganze vor fünf Jahren hätte verlaufen können, wenn er es ihr damals gesagt hätte. Wenn er sie jetzt allerdings betrachtete und sich vorstellte, dass es vielleicht gar nicht so schlimm gewesen wäre, wurde er traurig. Er hätte ihnen beiden so viel Kummer erspart. Sie hätten sich wahrscheinlich gar nicht getrennt ... Und sie hätten keine fünf gemeinsamen Jahre verloren.

Würde es reichen, ihr alles zu erzählen, um eine zweite Chance zu bekommen?

„Ich kann es nicht glauben. Ich hätte nie gedacht ..." Anna hielt inne und sah wieder zu ihm auf. Ihre Hand berührte immer noch seinen Arm. „Hatte ich deshalb immer das Gefühl, dass du etwas vor mir verheimlichst, als wir zusammen waren?"

„Es gab so viele Male, in denen ich dir die Wahrheit darüber hatte sagen wollen, was ich bin. Aber ich habe es nie getan, weil ich Angst davor hatte, wie du reagieren würdest", sagte Troy. „Aber, ehrlich gesagt, ist das nicht alles. Die meisten Dinge, die ich dir verheimlicht habe, hatten mit der Arbeit zu tun; wie ich dir schon sagte, als wir noch zusammen waren. Meine Arbeit bei InnoCell ist kompliziert, weil sie mit Magie zu tun hat."

In Annas Kopf machte etwas Klick, und ihre Augen weiteten sich ein wenig. „Deine Erfindungen. Sind sie alle magisch? Der Lifesaver auch?"

„Magie ist im Spiel, ja, aber die Technologie basiert auch auf anderem. Ich muss alles so gestalten, dass es auch den skeptischsten Menschen plausibel erscheint. Effektiv bedeutet das, dass ich etwas erschaffen muss und dann ...“ Troy seufzte und hielt inne, da er nicht zu lange über seine Arbeit schwadronieren wollte. Ihm war zwar nicht entgangen, wie interessiert Anna zugehört hatte, aber das war nicht der Zweck dieser Unterhaltung. „Was ich bin ... was ich tue ... Es hat sich angefühlt, als hätte ich große Geheimnisse, weil ich die auch hatte. Mein Drache und meine Magie sind wichtige Aspekte dessen, was ich bin. Als wir zusammen waren, hast du nur die Hälfte meines Wesens gekannt.“

Anna zog ihre Hand zurück und umklammerte ihre leere Tasse. „Ich wusste also gar nicht, wer du bist.“

„Nein. Nein, ich war ehrlich zu dir, was alles andere betraf. Meine Lebensziele, was ich für die Welt tun wollte, und vor allem ... Auch wenn ich dir das alles damals nicht hatte sagen können, habe ich dich trotzdem geliebt. Alles, was wir geteilt haben, war echt.“

Sie starrte auf etwas hinter Troy, und die Hoffnung verließ ihn. Anna entglitt ihm, er konnte es fühlen. Wie konnte er ihr erklären, dass er für sie kein Unbekannter gewesen war? So hatte er das nie empfunden. Aber so musste es ihr vorkommen, weil sie einen Teil dessen, was ihn ausmachte, nicht gekannt hatte.

„Liebst du mich noch?“, fragte sie völlig aus heiterem Himmel.

Troys Herz setzte einen Schlag aus. „Anna, ich ...“ Er verwandelte seine Klaue wieder in seine menschliche Hand und legte sie auf die ihre. „Ich habe nie aufgehört, dich zu lieben.“

Ihre Finger krümmten sich, als ob sie überlegte, sich

wieder von ihm zurückzuziehen, aber sie ließ ihre Hand an Ort und Stelle.

„Ich weiß, dass das alles viel auf einmal und schwer zu verdauen ist. Ich kann dir alle deine Fragen beantworten und dir helfen, das hier zu verstehen", flüsterte Troy. „Aber es gibt noch zwei weitere Dinge, die ich dir sagen muss."

Anna nickte. Sie sah aus, als würde sie sehr gründlich nachdenken. Troy hoffe, sie würde all das logisch zusammenfügen und langsam besser verstehen.

„Wir, ich meine, Gestaltwandler wie ich ... Es gibt gewisse Geschichten über uns." Troy schloss die Augen und holte tief Luft. Er hatte sich die Worte zurechtgelegt, aber vor lauter Aufregung wieder vergessen. „Als wir uns das erste Mal begegnet sind, hat es zwischen uns auf eine Art und Weise geklickt, wie ich es bei keinem anderen Menschen vor oder nach dir empfunden habe. Ich denke oft daran zurück, und mittlerweile ist es mir völlig klar."

Anna fing an, am Henkel ihrer Tasse herumzufummeln. „Was ist völlig klar?"

„Dass es etwas Besonderes zwischen uns gibt. Es gibt Geschichten über Gestaltwandler. Darüber, dass wir jemanden haben, der in jeder Hinsicht perfekt zu uns passt. Man nennt sie Gefährten."

„Wie Seelenverwandte", sagte Anna und lächelte schüchtern, immer noch auf ihre Tasse blickend.

„Ganz genau. Und ich denke, dass du und ich die ganze Zeit über Gefährten waren, ohne es zu merken. Deshalb haben wir ..." Troy lächelte nun ebenfalls schüchtern. „Deshalb haben wir immer so viel füreinander empfunden. In positiver wie in negativer Hinsicht."

Anna verstummte, als würde sie darüber nachdenken, und sah zu ihm auf. Ihre Augen waren groß, als sie seinem

Blick begegnete, ohne ihre übliche Deckung oder Zurückhaltung. Stattdessen lag in ihren Augen Hoffnung. Und der Wunsch, dass das wahr sein möge. Noch bevor sie etwas sagte, war auch Troys Herz voller Hoffnung, und die meisten seiner Sorgen waren wie weggeblasen.

„Du denkst, wir sind füreinander bestimmt", sagte Anna schließlich.

Dass sie Gefährten waren, würde zumindest eine Menge erklären. Troy hatte sich immer gefragt, warum seine Magie bei ihm und einer anderen Frau nicht funktioniert hatte. Nun war er sich sicher, dass es daran gelegen hatte, dass er sie bei Anna benutzt hatte – und sie war seine Gefährtin. Er hatte sie bei niemandem sonst anwenden dürfen.

Troy nickte. „Ich glaube schon. Ich hoffe es, denn du bist alles, was ich mir je bei einer Frau gewünscht habe. Als wir zusammen waren, war das die beste Zeit meines Lebens. Seit Jahren lebe ich mit dem Gefühl, der dümmste Mann der Welt zu sein, weil ich dir das Herz gebrochen habe."

„Das hast du irgendwie verdient", erwiderte Anna, aber sie lächelte über den Scherz.

„Ich weiß. Glaub mir, ich weiß es. Aber ich bin nicht ganz sicher, ob ich tatsächlich recht habe und wir Gefährten sind. Ich würde gerne glauben, dass es wahr ist. Dass wir füreinander bestimmt sind. Denn tief im Inneren fühle ich, dass es stimmt. Und wenn du dazu bereit bist ... Ich möchte es noch einmal mit uns versuchen und die Wahrheit herausfinden."

Troys Herz schlug ihm bis zum Hals, als die Worte aus ihm heraussprudelten, und Anna starrte ihn mit gespannter Aufmerksamkeit an. Schließlich nickte sie und schenkte ihm wieder eines ihrer schüchternen Lächeln, während sie sich eine lose schwarze Haarsträhne hinters Ohr klemmte.

„Du weißt, dass ich Männern normalerweise keine zweite Chance gebe, Troy ... Und das liegt an dir." Sie sagte das völlig ernst, und doch lag Belustigung in ihren Augen. „Vielleicht ist das hier der Grund."

„Dann glaubst du also alles, was ich gesagt habe", sagte Troy und drückte ihre Hand. Sie drückte zurück.

„Mein Verstand tut sich etwas schwer damit, das alles zu verarbeiten, wenn ich ehrlich bin", sagte sie und legte eine Hand auf ihr Herz. „Aber hier drin glaube ich, dass alles, was du gesagt hast, wahr ist. Es fühlt sich einfach richtig an. Und auch wenn du nicht ganz sicher bist, ob wir wirklich Gefährten sind, möchte ich es versuchen. Fünf Jahre lang hat es sich angefühlt, als würde ein Teil von mir fehlen. Und seit ich dich wiedergefunden habe ..." Anna seufzte, aber sie brauchte ihren Satz nicht zu beenden. Troy verstand.

Solange sie bereit war, es zu versuchen, würde alles wieder gut werden.

Er beugte sich über den Tisch und küsste sie sanft auf die Lippen. Sie waren wie zwei Magnete, die voneinander angezogen wurden, und sobald sie sich berührten, konnten sie sich nicht mehr voneinander lösen. Troy drückte ihr Gesicht an seines und genoss den Geschmack von Kaffee und Milch auf ihren Lippen und ihrer Zunge. Wäre nicht der Tisch zwischen ihnen gewesen, hätte er sie am liebsten an sich gezogen, sie umarmt und nie wieder losgelassen.

Stattdessen begnügte er sich damit, mit seinen Händen durch ihre Haare zu fahren und ihre Lippen zu küssen. Sie erwiderte den Kuss begierig und stützte sich mit den Händen auf dem Tisch auf. Noch vor einer Woche hätte Troy nie gedacht, dass es möglich sein würde, Anna wieder in seinem Leben zu haben. Selbst jetzt schien dieser Moment viel zu schön, um wahr zu sein. Und doch waren sie hier und küssten sich. Es war ein kleiner Schritt in eine

Zukunft, in der sich zeigen würde, ob sie das schaffen könnten, woran sie zuvor gescheitert waren.

Troy hatte eine Menge wiedergutzumachen. Er wollte den Rest seines Lebens damit verbringen, Anna seine Liebe zu beweisen – wenn sie das wollte.

9

ANNA

In Annas Firma herrschte angesichts der Ankündigung, dass sie Partnerin der Anwaltskanzlei werden würde, große Aufregung. Endlich war es so weit. Sie rückte auf, denn ihre Arbeit war von ihren Chefs anerkannt und belohnt worden. Allerdings immer noch nicht von ihrer Familie. Zwar hatte sie ihr ganzes Leben lang versucht, ihren Vater zu beeindrucken, aber als Annas Chef ihr an diesem Morgen die Nachricht überbracht hatte, war ihr erster Gedanke Troy gewesen. Es interessierte sie gar nicht, wie ihr Vater reagieren würde – wenn sie es ihm überhaupt erzählen würde.

Stattdessen konnte sie es kaum erwarten, Troy davon zu berichten und gemeinsam mit ihm zu feiern. Endlich gab es da eine Chance auf ein glückliches Leben – keine Geheimnisse mehr.

Nach dieser anfänglichen Reaktion hielt sie jedoch inne, da sie sich daran erinnerte, dass ihr ungezügelter Enthusiasmus bislang immer dazu geführt hatte, dass sie verletzt worden war. Zwischen ihr und Troy war immer noch nicht alles eindeutig geklärt. Er hatte zugegeben, dass er sie immer noch liebte. Und obwohl sie ihm nicht dasselbe gestanden hatte, war sie dennoch überrascht und erfreut gewesen – eine Gefühlskombination, die sie seit ihrer Trennung vor fünf Jahren nicht mehr gehabt hatte.

Das bedeutete aber nicht, dass sie den ganzen Schmerz, den er ihr zugefügt hatte, einfach vergessen konnte. Hatte sie wirklich die richtige Entscheidung getroffen, oder hatte sie voreilig gehandelt und im Eifer des Gefechts auf Grundlage ihrer Gefühle entschieden? Spielte es wirklich eine Rolle, ob das, was sie für Troy empfand, und was er für sie empfand, echt war?

Es gab so viele Geheimnisse in seinem Leben, von denen sie nichts geahnt hatte. Zu wissen, dass die Welt voller Magie und er ein Drachen-Gestaltwandler war, ergab jedoch irgendwie Sinn. Troy hatte schon immer etwas Überirdisches an sich gehabt, etwas Magisches, auch wenn sie das nie so hatte benennen können. Und Anna wusste, dass es noch vieles gab, das er ihr noch nicht erzählt hatte. Aber das lag daran, dass es da einfach noch zu viel gab. Zu erfahren, dass er nur zur Hälfte ein Mensch war und dass es viel mehr auf dieser Welt gab, als was man auf den ersten Blick erkennen konnte, würde einem durchschnittlichen Menschen wahrscheinlich einen Herzkoller bescheren.

Hinzu kam, dass er ihr gleich nach dem Kuss gesagt hatte, dass er außerdem unsterblich wäre, und dass sie, wenn sie seine Gefährtin wäre, ebenfalls unsterblich sein würde. Anna war sich nicht sicher, was sie davon halten sollte oder was überhaupt genau das bedeutete. Musste sie sich jetzt irgendwie anders fühlen? Würde sie den Unterschied überhaupt bemerken? Es war nicht so, dass sie bereit war, die Theorie zu testen.

Trotzdem wünschte Anna sich, sie wüsste mehr. Sie wünschte sich, Troy hätte ihr das alles damals nicht vorenthalten. Auch wenn sie verstand, warum er es getan hatte. Außerdem wusste sie nicht, wie ihre Reaktion ausgefallen wäre. Aber sie redete sich ein, dass sie ihn dennoch geliebt hätte, egal, was er gesagt hätte. Sie hätte nur gerne gewusst, warum er so oft abgehauen war.

Er hatte immer noch nicht alles erklärt, besonders bezüglich seiner Arbeit. Und da Magie im Spiel war, ergab das auch Sinn. Aber warum das bedeutet hatte, dass er manchmal ohne Erklärung hatte verschwinden müssen, war ihr immer noch ein Rätsel, und das war die größte Hürde, die sie zu überwinden hatte. Sie hätte ihm keine zweite Chance geben dürfen, ohne die ganze Wahrheit zu kennen, oder?

Obwohl das hier ein großer Tag für Anna war, saß sie in ihrem Büro und las die Unterlagen für ihren nächsten großen Fall, einen Rechtsstreit zwischen dem Blackfall-Krankenhaus, einem Mandanten ihrer Firma, und einem Geräteanbieter, der dem Blackfall-Krankenhaus wissentlich fehlerhafte Geräte geliefert hatte. Wegen der Geschichte mit Troy war sie nicht ganz bei der Sache, aber sie bemüht sich, sich auf ihre Arbeit zu konzentrieren.

Es klopfte an der Tür, und Clarissa steckte den Kopf hinein. Sie hatte ihre Brille auf ihre Nasenspitze heruntergeschoben. „Anna! Herzlichen Glückwunsch!"

„Danke", sagte Anna und konnte ihr Lächeln nicht unterdrücken. Sie war wirklich hocherfreut über diese Beförderung. „Ich erhalte nächste Woche ein neues Büro. Du kannst auch mitkommen, wenn du willst."

„Auf die andere Seite der Etage? Mit den durchgehenden Fenstern?"

„Das hat der Big Boss gesagt. Ich habe es noch nicht gesehen."

Clarissa klatschte in die Hände. „Oooh, ich bin ja so

aufgeregt! Es wird dir gefallen. Diese Büros sind im Vergleich dazu wie Sardinenkonserven."

Anna schaute aus den halbhohen Fenstern, von denen aus man die Innenstadt von Blackfall sehen konnte. Es war nicht die herrlichste Aussicht, vor allem nicht aus dieser Höhe, aber Anna hatte sie immer als schön empfunden. Veränderung war immer gut, besonders wenn man bedachte, wie alles andere in ihrem Leben lief. Sie fühlte sich beinahe wie ein neuer Mensch, nur weil Troy wieder ein Teil davon war.

„Das werden wir nächste Woche sehen, nicht wahr?", erwiderte Anna.

„Ich helfe dir morgen beim Packen, wenn du willst. Aber jetzt gehen die Mädels aus dem Büro und ich erst mal essen. Dürfen wir dich einladen?"

Anna schaute wieder auf ihren Bildschirm, auf die Dokumente, die sie für das Treffen mit ihrem Kunden vorbereitete. Das war erst in einer Woche, und sie war schon fast fertig. Allerdings war sie immer noch dabei, ihre Gedanken bezüglich Troy zu sortieren, und das sollte sie besser allein tun. Allerdings wäre es unhöflich, Clarissa abzuweisen.

Sie biss sich auf die Lippe. Es war ja nur ein Mittagessen. „Okay, lass uns gehen."

Clarissa grinste, und Anna griff nach ihrem Mantel.

ANNA und ihre Kolleginnen betraten ein Sandwich-Restaurant in der Nähe ihrer Arbeit, und Anna lächelte und nickte, als die anderen Frauen auf die Gerichte in der Speisekarte zeigten, die sie mochten, und Anna Vorschläge machten. Schließlich entschied sie sich für ein Sandwich mit Mango-Gelee und Truthahn sowie eine Hühnernudelsuppe, eine Mischung aus Neuem, Faszinierendem und Altbekanntem. Hoffentlich war das eine gute Kombination.

Sie kannte die Kolleginnen, die sie umringten, vom Sehen, hatte aber noch nie viel Zeit mit ihnen verbracht. Da waren Margo, die Empfangsdame, und Janine, eine der anderen Anwältinnen. Außerdem Layla, eine Anwaltsgehilfin, sowie zwei weitere Anwaltsgehilfinnen. Diese drei, ebenso wie Clarissa, kannte Anna noch am besten – und sie waren auch die lautesten.

Ihr Mittagessen begann damit, dass alle Anna zu ihrer Beförderung gratulierten.

„Was sind deine weiteren beruflichen Pläne?", fragte Margo und biss dann in ihr Hähnchen-Caesar-Wrap.

„Was meinst du damit? Ich werde weiterarbeiten." Anna verstand die Frage nicht ganz.

Margo lachte. „Nein, ich meine, natürlich arbeitest du weiter. Aber was wirst du tun? Kannst du dich weiter spezialisieren?"

„Ich habe noch nicht darüber nachgedacht. Das könnte ich sicher, aber ich weiß noch nicht genau, worauf ich mich konzentrieren könnte."

Sie hatte natürlich schon ihr Spezialgebiet – technologisches Recht –, aber das war ein breites Spektrum mit vielen Unterkategorien. Aber aufgrund der Verschiedenheit ihrer Mandanten war sie nicht immer nur in diesem Bereich tätig. Als Margo ihr die Frage gestellt hatte, hatte sie jedoch sofort an Troy und InnoCell gedacht. Wenn sich alles, was er gesagt hatte, als wahr herausstellen sollte – dass er Dinge erfand, die der Welt helfen würden –, konnte sie sich da nicht irgendwie einbringen?

Es war natürlich zu früh, um ihn das zu fragen. Sie war sich nicht einmal sicher, ob sie sich weiter mit Troy treffen würde, auch wenn sie es wollte. Sie war so sehr dagegen gewesen, jemandem eine zweite Chance zu geben, dass sie es nicht in Erwägung ziehen wollte – besonders nicht bei ihm. Und doch wollte sie alles glauben, was er ihr erzählt hatte, vor allem über seine Arbeit. Er hatte ihre Großmutter gerettet, auch wenn sie nicht genau wusste, wie. Und sie war sich sicher, dass sie einen Beitrag zu seiner Firma leisten könnte, wenn sie die Gelegenheit dazu hätte.

Troy war allerdings der schwierigste Faktor in dieser Gleichung. Sie musste zu einer Entscheidung kommen, wie sie weiter verfahren sollte.

„Ich glaube, sie hört nicht richtig zu", sagte Layla und wickelte eine Strähne ihrer platinblonden Haare um ihren Finger.

Clarissa wedelte mit einer Hand vor Annas Gesicht. „Erde an Anna?"

Anna blinzelte. „Ähm, sorry. Ich habe nachgedacht."

„Mir ist aufgefallen, dass du in letzter Zeit öfter abgelenkt bist. Geht dir etwas durch den Kopf? Du solltest dich über deine Beförderung freuen! Du bist aufgestiegen! Du hast dich darauf gefreut, nicht wahr?"

„Natürlich habe ich das. Ihr all wisst bestimmt, wie das ist. Man arbeitet so hart, um irgendwohin zu kommen, und wenn man dann dort ist, fühlt es sich irgendwie genauso an wie früher."

Layla lachte und hielt sich dann den Mund zu. „Oh, Liebes. Ich glaube, an diese Art von Enttäuschung sind wir inzwischen alle gewöhnt. Worüber grübelst du nach?"

„Eigentlich geht es gar nicht um die Arbeit." Anna biss

sich auf die Lippe und war sich nicht sicher, ob sie ihnen etwas von Troy erzählen sollte. Das Büro war berüchtigt für seine Klatschkultur, und sie hatte es immer gemieden wie die Pest. Aber vielleicht wäre es diesmal gar nicht so schlecht, wenn sie ein paar Tipps bezüglich ihres Dilemmas bekommen könnte. „Es ist etwas Privates."

Layla lehnte sich vor und war sofort hellwach. „Leg los. Janine und ich sind Experten in Sachen Liebesleben." Die Frauen tauschten einen Blick aus und grinsten sich an.

„Ich habe nicht gesagt, dass es etwas mit meinem Liebesleben zu tun hat."

„Oh, aber das tut es doch, oder?"

„Ja." Anna lächelte. Irgendwie fühlte sie sich wohl dabei, mit anderen über Troy zu sprechen. „Ich habe kürzlich jemanden von früher wiedergetroffen, und ich weiß nicht, was ich tun soll."

„Ist er attraktiv? Reich?", fragte Janine und beteiligte sich erstmals ebenfalls am Gespräch.

„Spielt das eine Rolle?"

Layla starrte Janine an. „Natürlich ist er das. Sieh sie dir an. Du kannst davon ausgehen, dass sie einen sehr guten Geschmack hat."

Anna war sich da in Anbetracht ihres bisherigen, katastrophalen Liebeslebens nicht so sicher. Aber das behielt sie für sich.

„Details, Mädel!", rief Clarissa und hob scherzhaft ihr Glas Zitronenlimo. Die anderen nickten zustimmend.

Anna erzählte ihnen mit wenigen Worten, was mit Troy vorgefallen war. Wie perfekt sie zusammengepasst hatten, vor all den Geheimnissen, wie er ihr das Herz gebrochen hatte und sie danach sehr unglücklich gewesen war, bis sie ihn wiedergetroffen hatte. „Wir haben uns erst vor ein paar Wochen wiedergesehen, und es war ... seltsam, um es vorsichtig auszudrücken." Sie war sich nicht ganz sicher, wie sie die Mischung aus Verlangen und Verärgerung erklären sollte, die sie anfangs für ihn empfunden hatte. „Da ist immer noch diese Verbindung zwischen uns, wisst ihr? Sogar nach all den Jahren, trotz allem, was passiert ist."

„Habt ihr zwei überhaupt geredet? Über das, was passiert ist?", fragte Janine.

„Ein wenig, und er sagte, dass er mich immer noch liebt."

Die anderen jubelten. „Liebes, wo ist dann das Problem?", fragte Clarissa. „Liebst du ihn nicht mehr? Nach allem, was du gesagt hast, klingt es so, als würdest du ihn lieben."

Anna stocherte in ihrer Suppe herum, damit sie nicht gleich antworten musste. „Ich glaube schon, aber das ist nicht wirklich mein Problem. Nachdem er und ich Schluss gemacht hatten, habe ich diesen Grundsatz aufgestellt, dass ich niemandem eine zweite Chance gebe. Die Jungs kriegen eine, und das war's dann. Diesen Grundsatz habe ich noch nie gebrochen."

„Wenn du dein Leben wie einen Vertrag behandelst, wirst du immer wieder so steckenbleiben", sagte Layla. „Das echte Leben ist chaotisch. Regeln helfen, den Mist unter Kontrolle zu halten, aber sie können nicht alles vorhersehen. Deshalb verändert sich die Welt ständig. Wenn du ihn liebst und glaubst, dass er aufrichtig ist, solltest du vielleicht einen anderen Weg finden, ihm zu verzeihen. Weißt du mittlerweile, was er vor dir verheimlicht hat?"

Anna nickte. Sie hatte das Gefühl, dass sie zumindest die wichtigsten Einzelheiten kannte. Dass Troy ein Drachen-Gestaltwandler und unsterblich war sowie magische Fähigkeiten hatte. „Ich verstehe jetzt besser, was er vor mir verheimlicht hat ... früher. Aber noch nicht alles, und das ist es, was mir Sorgen bereitet. Ich mache mir Sorgen, dass ich, wenn ich zustimme, wieder mit ihm auszugehen, ohne alles zu wissen, nie über all die Ängste hinwegkommen werde, dich ich früher hatte."

„Aber nach dem, was du gesagt hast", erwiderte Clarissa, „glaubst du, dass er endlich reinen Tisch gemacht hat und dir mehr erzählen wird, wenn ihr euch wieder seht. Ihr beide liebt euch. Es ist nicht die Wahrheit, die dich zurückhält. In diesem Fall sind es deine Regeln, wie Layla schon sagte. Regeln können einem nur bis zu einem gewissen Punkt helfen. Wenn du der Meinung bist, dass er aufrichtig ist, wird er dir auch den Rest erzählen. Und wenn du ihm nicht wenigstens die Chance dazu gibst, wirst du es bereuen, weil du ihn liebst."

„Gut gesagt", rief Janine, und sie und Clarissa klatschten sich ab.

„Was dich im Moment zurückhält, bist du", sagte Layla. „Du hast bereits den ersten Schritt getan. Warum also nicht den ganzen Weg gehen und sehen, wohin er führt? Du bist stärker als vorher. Egal was passiert, du stehst das durch."

Anna nickte. Dank der Hilfe ihrer Kolleginnen machte es in ihrem Kopf endlich Klick. Layla und Clarissa hatten recht: Anna ging es gar nicht mehr so sehr um die Geheimnisse. Sie benutzte sie nur als Ausrede wegen ihrer „Eine-Chance-Regel". In ihrem Herzen wusste sie, dass Troy ihr mehr über seine Vergangenheit, seine Arbeit und alles andere, was für ihn relevant war, erzählen würde, wenn sie ihm Zeit und sich selbst die Gelegenheit gäbe, sich darauf einzulassen.

Sie war so sehr davon gefangen gewesen, dass sie ihre Regel brechen würde, dass sie sich gar nicht darüber gewundert hatte, dass es für sie völlig in Ordnung war, dass Troy ein magischer Drachen-Gestaltwandler war. Wenn sie das als das akzeptierte, was es war, und ihn immer noch liebte, warum sollte dann etwas anderes eine Rolle spielen? Zumindest konnte sie es versuchen, so wie sie es ihm versprochen hatte, und sehen, wohin es führen würde.

Zum Teufel mit den blöden Regeln, die sie aufgestellt hatte.

10

TROY

„Jetzt, wo wir die Kopiertechnologie von Light Productions haben", sagte Michael Koff und wedelte mit der Hand vor dem holografischen Bildschirm am Ende des Raumes, „können wir mit den Projekten weitermachen, die wir auf Eis gelegt hatten. Außerdem wird Mr. Breves nächsten Monat offiziell zu InnoCell stoßen, als Bindeglied zwischen der magischen Abteilung und der technologischen Abteilung von Troy."

Ein subtiles weißes Leuchten entströmte Michaels silbrigem Haar, und auf dem Bildschirm erschien eine Liste von Punkten, die in dem Meeting besprochen werden sollten. „Zuerst müssen wir unser Lifesaver-Begleitprodukt, das namenlose Heilgerät, neu bewerten. Troy, willst du ab hier weitermachen?"

„Hmm?", machte Troy, und die anderen – Liam, der Leiter der Abteilung für Schatten, Richter, der Leiter der Finanzabteilung, und Evan, von der Produktion – schauten in seine Richtung.

Troy hatte die ersten fünfzehn Minuten des Meetings damit verbracht, sich auf sein Handy zu konzentrieren, und er hatte jedes Mal vor sich hin getippt, wenn Anna ihm eine weitere Nachricht geschickt hatte. Kurz darauf vibrierte sein Handy wieder, bevor jemand Gelegenheit hatte, ihn auf den aktuellsten Stand zu bringen.

„Es geht um die Copycation-Technologie von Light Productions. Du weißt schon, diejenige, wegen der wir seit zwei Monaten versuchen, den Deal zu besiegeln", sagte Richter und verschränkte die Arme.

Sein mittellanges, schwarzes Haar hatte er hinter die Ohren gesteckt und seine grauen Augen funkelten vor Verärgerung über Troy. Als Leiter der Abteilung für Finanzen war Richter dafür zuständig gewesen, die Mittel für den Kauf zur Verfügung zu stellen und zuzuteilen. Er war ein Eisen-Drache und kontrollierte eine Vielzahl von Metallen. Außerdem war er, obwohl er sich häufig ohne Vorwarnung aus dem Staub machte, verantwortlich für den Großteil des ursprünglichen Reichtums von InnoCell.

Troy war dankbar für Richters Anteil an dem Kauf, aber die Arbeit war im Moment kaum seine Hauptsorge. All seine Aufmerksamkeit galt Anna. Das hier würde auf ihn warten, später. Nun, mit Ausnahme von Richter und den anderen, die irgendwann die Nase voll von Troy hätten und gehen würden, wenn er nichts sagen würde.

„Und?", hakte Richter nach. „Hast du denn nichts zu unseren nächsten Schritten zu sagen?"

Troy überflog Michaels Pläne auf dem holografischen Bildschirm und bemühte sich, eine passende Antwort zu finden. „Wir müssen das Lifesaver-Projekt abschließen, das für die nächsten Jahre das absolute Herzstück von InnoCell sein wird, während wir alles andere entwickeln. Daher ..."
Er versuchte, konzentriert zu bleiben, obwohl sein Handy wieder vibrierte, da er eine weitere Nachricht von Anna

erhalten hatte. „... wäre die Namensfindung wohl ein guter Anfang."

Liam warf ihm einen verärgerten Blick zu. Jeder bei dem Treffen schien von Troy genervt zu sein, und er war sich nicht sicher, warum.

„Angesichts des Erfolgs des Lifesavers weiß ich nicht, warum wir mit diesem Gespräch Zeit verschwenden. Behalte es einfach im Hinterkopf und lasst uns zu etwas Wichtigem übergehen", sagte Liam.

„Okay", stimmte ihm Michael zu und nickte zufrieden, „ich glaube nicht, dass jemand dem widersprechen wird.

Nachdem das geklärt war, nahm Troy sein Handy wieder in die Hand und las die beiden vorherigen Nachrichten:

Kannst du mir mehr über deine Arbeit erzählen? Ich hätte gestern gerne mehr gehört, aber du hast aufgehört, als es interessant wurde. :)

Vielleicht können wir uns bald wieder treffen?

Troy zögerte, bevor er etwas zurückschrieb. Er liebte seine Arbeit, und als Anna bei ihrem letzten Treffen danach gefragt hatte, hätte er ihr gerne mehr davon erzählt. Er hatte sich nur zurückgehalten, weil er nicht vom eigentlichen Thema ihres Gesprächs hatte ablenken wollen. Es war stets schwierig gewesen, ihr nichts davon zu erzählen, als sie vor fünf Jahren zusammen gewesen waren. Das war der schwierigste Teil der Beziehung mit ihr gewesen. Jetzt gab es diese Einschränkung nicht mehr, und er würde ihr alles erzählen, was sie wissen wollte.

Er begann, eine Antwort zu tippen, aber Evan griff hinüber und riss Troy das Handy aus den Händen. „Hey!", protestierte dieser und schaute zu den anderen hinüber, die nur mit den Schultern zuckten. Wollten sie etwa nicht eingreifen?

Evan scrollte sich durch Troys Nachrichten, und dieser versuchte erfolglos, sich sein Smartphone wieder zurückzuholen. Evan war viel größer und stärker und widerstand mühelos Troys Versuchen, sich sein Handy mit elektrischer Magie zurückzuergattern.

„Mal sehen. Was hast du da? Sieht aus, als hättest du jemandem eine Nachricht geschickt", sagte Evan. „Einem echten Menschen, oder hast du die Vorzüge von Chatbots für dich entdeckt?"

Liam und Richter lachten, und Michael verschränkte unbeeindruckt die Arme. Ansonsten machte er keine Anstalten, einzugreifen. Mit seiner Fähigkeit, die Zeit zu verlangsamen, könnte er das jederzeit tun.

„Im Ernst, Evan, wir sind nicht mehr auf dem College. Gib es zurück", rief Troy.

„Das hättest du dir überlegen sollen, bevor du dich aufgeführt hast, als wärst *du* auf dem College und würdest dir einen runterholen, anstatt der sehr wichtigen Vorlesung deines Professors zuzuhören", entgegnete Evan. „Wir sind in einer geschäftlichen Besprechung. Du solltest es besser wissen."

„So habe ich dich noch nie erlebt, Troy. Ich dachte, diese Arbeit wäre alles für dich", fügte Michael hinzu.

Alle sahen zu Troy, der aber nichts erwiderte, sondern stattdessen aufstand und sich hinter Evan stellte, der seine Privatsphäre verletzte. Zum Glück hatte er nichts Kompromittierendes mit Anna ausgetauscht, weder in sexueller noch anderweitiger Hinsicht, sonst wäre Troy wütend und nicht nur gereizt angesichts des Verhaltens seiner Freunde. Evan hörte auf zu scrollen und schloss Troys Unterhaltung mit Anna. Er öffnete ihre Kontaktinformationen, betrachtete stirnrunzelnd ihr Foto und nickte dann anerkennend.

„Ich bin beeindruckt, Troy. Sie ist also doch kein Chatbot." Evan zwinkerte Troy lächelnd zu, bevor er ihm sein Handy zurückreichte.

Dieser riss es an sich und setzte sich. Dabei kam er sich ein wenig gedemütigt vor. Er wusste, dass Evan es nicht böse gemeint hatte, und Troy hätte besser aufpassen sollen, zumal es seine Arbeit war, über die sie gerade sprachen. Aber er hatte sich nicht zurückhalten können. Jetzt, wo er Anna wieder in seinem Leben hatte, hatte er das Gefühl, alles in seiner Macht Stehende tun zu müssen, damit es zwischen ihnen wieder funktionierte und sie alles über Magie, Drachen und dergleichen wusste.

„Danke", brummte Troy. Er hätte sich gerne vergewissert, dass Evan keine peinliche Nachricht an Anna geschrieben hatte, zögerte aber, vor den neugierigen Augen seiner Freunde noch einmal auf sein Handy zu schauen.

„Eine echte Person?", fragte Liam spöttisch. „Das sieht dir wirklich nicht ähnlich. Ich hatte immer den Eindruck, dass du deine Arbeit echten Menschen vorziehst. Immer. Uns eingeschlossen."

Eigentlich hatte er recht, und selbst für Troy fühlte es sich so seltsam an, einen anderen, alles in den Schatten stellenden Fokus zu haben: Anna. Das bedeutete aber nicht, dass ihm seine Arbeit nicht dennoch wichtig war. Er durfte sie oder seine Zukunftspläne nicht vernachlässigen, weil er endlich eine zweite Chance von Anna bekommen hatte. Seine Arbeit definierte ihn größtenteils, und er wollte die Welt besser machen. Anstatt sie über alles andere zu stellen oder diesen Platz von Anna einnehmen zu lassen, würde er eine Balance zwischen den beiden finden.

„Früher hat mir meine Arbeit alles bedeutet. Das tut sie immer noch, aber ich hatte nie einen Grund, mich auf etwas anderes zu konzentrieren", sagte Troy. Seine Freunde mochten sich manchmal wie unreife Idioten verhalten, aber er wusste, dass sie sich um ihn sorgten und das Beste für ihn wollten. „Aber Anna ist anders. Ich habe mich noch nie so mit jemandem verbunden gefühlt."

Dann sah er zu Michael, der ihn mit seinen neugierigen, eisblauen Augen betrachtete. Michael hatte seine Gefährtin erst im vergangenen Sommer gefunden. Troy wusste, dass er dasselbe für die Frau in seinem Leben empfand. Jedes Mal, wenn Troy an Anna dachte, war er sich mehr und mehr sicher, dass sie seine Gefährtin war.

Michael sagte jedoch nichts. Er lächelte nur und nickte.

„Wenn du so denkst", sagte Evan, „solltest du auf ihre letzte Nachricht antworten und dann das Ding weglegen, damit wir dieses Meeting beenden können – und du zu ihr gehen kannst."

Troy lachte und tat dann genau das. Sie verabredeten sich für diesen Abend, und er wusste genau, wohin er sie ausführen würde. Dann steckte Troy sein Handy weg, erleichtert, dass er sich auf seine Arbeit konzentrieren konnte, ohne sich Sorgen machen zu müssen, dass er seine Chancen mit Anna vermasseln würde. Sie würde in ein paar Stunden auf ihn warten. Und bei ihrem Treffen würden sie dann die Pläne schmieden, die ihre Zukunft verändern würden.

11

ANNA

Anna scheute sich nicht, ihren Arm unter Troys zu haken, als sie eines der besten Restaurants von Blackfall betraten, das „Little Lamb". Es war ein großes, rundes Gebäude mit drei Ebenen, und die oberste, innere Ebene war die luxuriöseste. Zumindest erzählte man sich das so. Anna hatte schon immer hierherkommen wollen, aber sie hatte nie die Gelegenheit dazu gehabt.

Der große Raum war spärlich mit Kandelabern in allen Formen und Größen und echten Kerzen beleuchtet. Sie verströmten ein warmes, einladendes Licht und gaben dem Ganzen ein Ambiente, als wären sie und Troy allein und bekämen ihr privates Fünf-Sterne-Menü, statt in einem schicken Restaurant mit vielen anderen Gästen zu speisen.

Anna starrte auf die funkelnden Kerzen. Die Flammen bewegten sich im Rhythmus ihrer Bewegungen sowie der leichten Brise hin und her, und einige waren blau oder grün. Die Decke bestand aus einer Kuppel, und weitere Kerzen steckten in kleinen Einbuchtungen ganz weit oben, was das Ganze aussehen ließ, als handelte es sich um Sterne.

„Wie ist so etwas möglich?", fragte Anna, während Troy am Empfang ihre Reservierung bestätigte. „Das könnte doch zu einem Brand führen."

„Normalerweise schon, aber das Restaurant beschäftigt einen Feuerelfen, der dafür sorgt, dass alles sicher ist", erwiderte Troy nonchalant, als wäre das die normalste Sache der Welt.

„Elfen sind echt? Und sie ... arbeiten?"

Nicht weit von ihnen standen noch ein paar Leute, also sprach Anna leise, damit man sie nicht hören konnte, während sie darauf warteten, zu ihren Plätzen geführt zu werden. Da sie so kurzfristig reserviert hatten, würden sie höchstwahrscheinlich nur einen Platz im untersten Stockwerk bekommen, aber Anna war einfach nur froh, überhaupt hier zu sein. Von ihr aus hätten sie auch zu ihr nach Hause gehen und Pizza bestellen können. Sie war dankbar dafür, einfach nur Zeit mit Troy zu verbringen und langsam ihre Mauern niederzureißen, die sie während der Jahre der Enttäuschung errichtet hatte.

„Wenn du es dir vorstellen kannst, ist es höchstwahrscheinlich real. Eine Faustregel", sagte Troy. „Und jeder muss seinen Lebensunterhalt verdienen, Magie hin oder her. Geld hält die Welt am Laufen, wie man sagt, und es kommt nicht aus dem Nichts." Er öffnete den Mund und machte dann eine nachdenkliche Miene. „Nun, das stimmt nicht ganz. Mein Freund ist der reichste Mann der Welt, weil er, mehr oder weniger, aus sehr wenig Edelmetall herstellen kann."

Richter hatte allerdings sehr schnell festgestellt, dass man mit Geld kein Glück kaufen konnte. Zumindest in seinem Fall. Aber das würde er Anna ein andermal erzählen, nicht bei ihrem ersten richtigen Date seit vielen Jahren.

„Also dieser ... Elf. Du kennst ihn, nehme ich an. Hast

du deshalb so problemlos reservieren können?", fragte Anna.

„Du lernst schnell dazu."

Troy grinste und zog sie näher an sich heran, und sie drückte sich an ihn und ließ sich von seiner Wärme einhüllen. Er war wie eine beständige Kraft neben ihr, ruhig und erdend. Aber irgendwie spürte sie, wenn sie sich berührten, auch noch etwas anderes zwischen ihnen als die normalen, körperlichen Empfindungen. Ihre Haut kribbelte, und sie sah etwas Ähnliches auch bei ihm. War das Magie? Oder etwas, das mit Gestaltwandlern und ihren Gefährten zu tun hatte? Sie wusste nicht viel über Magie oder Gefährten und konnte daher nicht sagen, was es damit genau auf sich hatte. Stattdessen atmete sie seinen herrlichen, holzkohleartigen Duft ein, während die Oberkellnerin sie zu ihrem Tisch führte.

Zunächst gingen sie in den hinteren Bereich des ersten Stocks und dann hinauf in den zweiten. Anna betrachtete diesen mit erstauntem Blick. Die Möbel waren aus Alabaster und schwarzem Leder, einschließlich der Kandelaber, die die zweite Etage ganz anders wirken ließen als die erste mit ihrer erdigen, gemütlichen Atmosphäre. Aber hier, wo es zahlreiche weitere Gäste gab, blieben sie nicht. Die Oberkellnerin brachte sie stattdessen in den dritten Stock.

Dort waren sie ganz allein, obwohl vier Tische im Raum verteilt waren. Der Boden und die Wände waren komplett aus Glas, sodass sie von oben das ganze Restaurant überblicken konnten. Aber Anna erinnerte sich deutlich daran, dass die Decke im zweiten Stock komplett weiß gewesen war, passend zu allem anderen.

Troy zog Annas Sitz, einen breiten Sessel aus Samt, hervor und setzte sich ihr gegenüber auf einen ebensolchen. Sie starrte immer noch auf ihre Umgebung.

„Sag es mir nicht", flüsterte sie und begegnete endlich wieder seinem Blick. „Ist das auch alles Magie?"

„Nicht ganz. Das Gebäude wurde von jemandem entworfen und gebaut, der hundertprozentig Mensch ist und keinerlei magische Fähigkeiten hat. Magie hat dem Ganzen nur den letzten Schliff gegeben", antwortete er. „In dieser Welt gibt es viel von der simpleren Magie, geschickt versteckt hinter optischen Täuschungen. Die meisten Menschen leben ihr Leben, ohne auch nur etwas davon zu ahnen – wie von uns beabsichtigt."

Troy schnippte mit den Fingern, und eine Flasche Wein erschien auf dem Tisch. Er entkorkte sie und füllte ihre Gläser.

Während er das tat, dachte Anna darüber nach, wie sie mit Troy zusammen gewesen war und nie auch nur vermutet hatte, dass Magie im Spiel gewesen sein könnte. Es ergab durchaus Sinn, wenn man bedachte, dass den Leuten gesagt wurde, sie wäre nicht real oder eine Sache für Kinder. Irgendwann wurde man einfach zu alt dafür ... Und doch war sie sehr real. Wenn sie schon einmal so nah dran gewesen war, ohne etwas zu bemerken – hätte sie dann ihr restliches Leben gelebt, ohne das auch nur zu erahnen, wenn Troy ihr nicht letzte Woche davon erzählt hätte?

„Warum hält man sie geheim?", fragte Anna und nahm das Weinglas von Troy entgegen, als er es ihr reichte. Der Wein war schwer und geschmackvoll – wahrscheinlich der beste, den sie je getrunken hatte. Sie fragte sich, ob er auch magisch war.

„Das war nicht immer so. In den letzten paar hundert Jahren haben die Menschen das, was sie nicht verstehen, immer weniger akzeptiert", sagte Troy. „Magie war schon immer unbegreiflich und ein Teil der Welt, der nicht durch Wissenschaft und Vernunft erklärt werden kann. Also war es einfacher, sie zu verdammen, als zu versuchen, sie zu verstehen. Und jetzt versteckt sich so ziemlich alles Magische im Untergrund. Es ist irgendwie traurig, aber so ist es heutzutage nun mal."

Anna hing an Troys Lippen, hingerissen von dem Wissen über diese magische Welt, die ihr ihr ganzes Leben lang verborgen geblieben war. Es fühlte sich an, als würde sie zum ersten Mal die Augen öffnen, und so kam sie Troy mit jeder Sekunde, die verstrich, näher. Trotz ihrer Ängste von früher hatte sie das Gefühl, ihn besser zu kennen als je zuvor – und sie würde ihn mit der Zeit immer besser verstehen.

Sie begann, sich wieder neu in ihn zu verlieben. Es war so einfach dank der magnetischen Anziehungskraft, die sie zueinander zog. Vielleicht war es Magie, vielleicht auch nicht, aber Anna war es so leid, sich zurückzuhalten, wenn er alles war, was sie jemals wollte.

„Bist du schon lange auf der Welt?", fragte Anna. „Du hast gesagt, du bist unsterblich, also ..."

Troy sah aus, als würde er vor Lachen gleich seinen Wein ausspucken, oder vielleicht vor Schreck – Anna war sich nicht sicher. „Nein", sagte er, wischte sich das Gesicht ab und lächelte. „Was du siehst, entspricht der Realität: Dreißig natürliche Jahre."

Auch Anna lächelte, war erleichtert und dann sofort unsicher, ob sie sich für ihre Erleichterung schuldig fühlen sollte. Würde sie ihn nicht unabhängig davon lieben, wie alt er wirklich war? Aber sie war einfach froh, sich mit dieser Frage nicht auseinandersetzen zu müssen.

„Meine Eltern allerdings", sagte Troy, „sind uralt. Über tausend Jahre. Allerdings konnte ich noch nie eine genaue Zahl ermitteln. Sie sind wortkarg, was ihr Alter angeht."

„Ab einem gewissen Punkt hat es für sie wohl keine

Rolle mehr gespielt. Aber so lange mit jemandem zusammen zu sein ..." Anna seufzte. „Es ist schon irgendwie romantisch."

Troy beugte sich vor und legte seine Hand auf die ihre. „Glaubst du das wirklich?", flüsterte er.

Sie nickte. „Werden wir das auch haben?"

„Ich hoffe es. Nichts würde mich glücklicher machen."

Sie verweilten ein paar Momente so und starrten einander in die Augen. Troy strich mit seinem Daumen über ihr Handgelenk, eine beruhigende Geste, die sie beide im Hier und Jetzt festhielt. Hier beieinander, wo nichts anderes zählte, nicht einmal ihre schwierige Vergangenheit. Sie konnte nicht glauben, dass seine Eltern seit über tausend Jahren zusammen waren. Sie hatte so viele Fragen über sie, wie sie es geschafft hatten. Und was es wirklich bedeutete, in einer Beziehung zu sein, die einem Unsterblichkeit mit demjenigen gewährte, den man liebte. Könnte sie mit so etwas umgehen? Tausend Jahre oder mehr?

Sie blinzelte und betrachtete jede Facette von Troys schönen Augen. Sie könnte ewig in sie schauen und sich nie an ihnen oder an ihm sattsehen. Das war wahre Liebe, erkannte sie, bei der nichts anderes eine Rolle spielte. Nicht einmal, dass er nicht ganz menschlich war. Alles, was zählte, war sein Herz, und sein Herz gehörte Anna, genau wie ihres ihm gehörte.

Und zwar für die Ewigkeit.

12

TROY

Troy und Anna fuhren zu ihrem Haus am Rande von Blackfall, einem relativ großen Anwesen, das von Wäldern und Bergen umgeben war. Früher hatte sie woanders gewohnt, und dieses hier war viel schöner. Wäre Anna nicht kürzlich von ihrem Ex bedroht worden, hätte Troy es hier geliebt, aber momentan betrachtete er es als potenzielles Sicherheitsrisiko. Das Haus war zweistöckig, mit einem malerischen Spitzdach und großen Fenstern mit zugezogenen Vorhängen.

Er schwor sich, dass er seine Bedenken erst morgen erwähnen würde, wenn sie sich unweigerlich würden trennen müssen. Jetzt wollte er nur an sie beide denken. Außerdem konnte er selbst sie nun vor allem beschützen.

Er folgte Anna zur Tür, mit den Händen in den Taschen, während sie sie aufschloss. Sein Blick wanderte über ihren perfekten Körper, und er wollte sie unbedingt wieder berühren. Er hatte sie den ganzen Abend begehrt. Sie war so unwiderstehlich, und es war schwer gewesen, sich zurückzuhalten, als sie sich während des Essens immer wieder nach vorne gebeugt und ihr Dekolleté zur Schau gestellt hatte. War das Absicht gewesen, um ihn noch verrückter nach ihr zu machen? Oder rein zufällig? Wie er sie kannte, hätte es so oder so sein können.

Dennoch – je länger der Abend dauerte, desto heißer wurde sein Körper. Sein Bedürfnis nach ihr war schier unerträglich, und sogar sein Drache erhob sich begierig aus seiner Behausung tief in seinem Inneren, um ihn vorwärts zu drängen.

Sobald die Tür geöffnet war und er und Anna das Haus betreten hatten, schlang er die Arme um sie. Er presste sie gegen die Wand und zog besitzergreifend ihren Kopf zu sich, damit er sie küssen konnte. Sie rangen einander den Atem ab, ihre Zungen kämpften miteinander und saugten aneinander. Hitze baute sich zwischen ihnen auf, und seine Hände wanderten über ihren Körper, hinterließen heiße Spuren auf ihren Schultern, Brüsten, Hüften, ihrem Bauch und ihren Schenkeln. Sie erbebte bei seinen Berührungen; genau so, wie er gehofft hatte, dass sie reagieren würde.

„Troy ...", stöhnte Anna gegen seinen Mund.

Er löste sich von ihr, gerade genug, um sie atmen zu lassen. „Ich konnte nicht zulassen, dass du dich noch einmal über mich hermachst", flüsterte er, küsste sie erneut und saugte an ihrer Lippe, bis sie keuchte. „Ich mache den gleichen Fehler nicht zweimal."

Annas Augen funkelten im Mondlicht, das durch die Glasscheiben der Tür hereinschien. „Nein, das tust du nicht." Sie erwiderte seinen Kuss und legte ihre Hände auf seinen Rücken. „Aber war das wirklich ein Fehler?"

Troy griff ihr unter das Kleid und drückte ihren Schenkel, nur ganz leicht. „Das war es definitiv nicht. Nicht, wenn wir jetzt zusammen hier sind, deswegen."

Er küsste sie wieder, diesmal fester, und versuchte, ihr dadurch wenigstens teilweise zu vermitteln, wie sehr er sie liebte, wie sehr er sie brauchte. Ihr so nah zu sein, machte ihn verrückt. Ihr Geruch, der Geschmack von Wein auf ihren Lippen, das Gefühl ihrer weichen, nackten Haut an seinen rauen Fingern. Es baute sich in ihm auf, während er sie küsste, vorsichtig zwischen ihre Beine griff – dieses Verlangen, das sie beide verspürten, und das forderte, befriedigt zu werden.

„Troy, ich …", hob Anna an, aber Troy brachte sie mit einem weiteren Kuss zum Schweigen.

„Pst. Jetzt ist nicht der richtige Zeitpunkt zum Reden."

Sie schlang ihre Arme um seinen Hals, und er strich mit seiner Hand über ihr Höschen. Sie erschauderte, was ihm einstweilen genügte, und hob sie hoch. Sie schlang ihre Beine um seine Hüften, und Troy ging in Richtung des Wohnzimmers. Er hatte keine Geduld, das Schlafzimmer zu suchen, also würde die Couch reichen müssen.

Ihre Lippen trennten sich, als Troy Anna auf die Couch setzte. Aber sie löste sich nicht von ihm; nicht, bis sie ihn mit sich auf die Couch gezogen hatte. Sie nutzte sein Gewicht, sodass sie beide auf das Sofa kullerten. Sie lachten, atemlos von ihrem Kuss, suchten aber sogleich wieder den Mund des anderen.

„Ich habe dich schon wieder ausgetrickst", flüsterte Anna gegen Troys Lippen und sandte damit Schauer über seinen Rücken.

„Du bist ganz schön gerissen."

„Das war schon immer so." Sie begann, sein Hemd aufzuknöpfen. Und als sie fertig war, drückte sie einen weiteren Kuss auf seinen Mund und bewunderte seine Brust. Er liebte es, wie sie ihn und seinen Körper betrachtete – als ob er ihr ebenso gehörte wie ihm.

Als Nächstes griff sie nach seinem Gürtel, löste gekonnt den Verschluss und machte den Reißverschluss auf, um seinen harten Schwanz in die Hand zu nehmen. Er stöhnte, als sie ihn leicht berührte, ihn mit ihren Fingern neckte und über seine Eichel strich. Troy drückte seine Hüften nach vorne, bereit für das, was Anna als Nächstes vorhatte. Er streichelte ihre Wange, und ihr Haar fiel in Wellen über ihre Schultern.

Sie sah ihn mit einem verschmitzten Blick an, dann umschloss sie seinen Schwanz und begann, ihn zu reiben. Wellen der Lust durchströmten ihn mit jeder Bewegung, und sein Schwanz wurde noch härter. Sie machte noch ein wenig weiter, mal schneller, mal langsamer, und verstärkte die Wogen der Lust in ihm. Sie wusste, wie sehr er sie brauchte, und sie nutzte ihre Macht aus, um ihn in ihrem Bann zu halten.

Als Anna sich nach vorne beugte, schob Troy ihr die Haare aus dem Gesicht. Er erbebte, als sich ihre Lippen um seine Eichel schlossen und ihre heiße Zunge mit ihr spielte. Stöhnend drückte er seine Hüften nach vorne und schob sich weiter in ihren Mund. Verdammt, ihm war gar nicht klar gewesen, wie sehr er das vermisst hatte. Anna bewegte den Kopf rhythmisch vor und zurück, und Troy entspannte sich auf der Couch und massierte ihre Kopfhaut, während sie an ihm saugte.

Sie konnte ihn nicht ganz in den Mund nehmen, also streichelte sie ihn parallel und sandte elektrische Impulse durch seinen gesamten Körper. Seine Lust steigerte sich mit jeder Sekunde und wurde zu etwas Unkontrolliertem und Wildem. Anna war alles für ihn, und mit jeder Bewegung ihrer Zunge, jedem Saugen ihrer Lippen wurde klar, dass dies weder für sie noch für ihn nur Sex war. Die feurige Energie, die sie miteinander verband – eine Mischung aus Instinkt und Troys Magie –, war etwas, das nicht von dieser Welt war. Sie waren wahre Gefährten.

Anna hatte seinen Schwanz in ihrem Mund und schob ihn so weit hinein, wie sie konnte. Er pulsierte in ihr. „Anna ...", stöhnte Troy.

Als sie ihn losließ, hob er sie auf seinen Schoß. Sie trug noch ihr Kleid, und das würde er ihr noch ausziehen müssen, aber zuerst küsste er sie. Langsam, trotz der brennenden Leidenschaft in seinem Inneren, die kurz davor war, aus ihm herauszubrechen; trotz des Hungers, den sie in ihm entfacht hatte, indem sie ihn mit ihrem Mund und ihren Händen liebkost hatte ...

„Ich liebe dich", flüsterte er zwischen zwei Küssen. Sie raubte ihm buchstäblich den Atem, und es war ein Wunder, dass er überhaupt hatte sprechen können.

Anna griff hinter sich und öffnete den Reißverschluss ihres Kleides. Troy zog es über ihren Kopf und warf es weg. Sie trug jetzt nur noch ein Set aus roter Unterwäsche, passend zu dem roten Kleid, das sie getragen hatte. Sie schlang die Arme um seinen Hals und drückte ihre Lippen an sein Ohr.

„Ich liebe dich auch", hauchte sie und drückte sich in seinen Nacken.

Er leckte an ihrem Ohrläppchen und begann, ihren Hals zu küssen. Seine Hände schienen einen eigenen Willen zu haben. Eine packte ihren Hintern und schob ihr Höschen beiseite. Die andere öffnete ihren BH und warf ihn neben sich; dorthin, wo ihr Kleid lag. Sie schob ihre Haare über ihre Schultern und drückte ihre Brust nach vorne, um Troy ihre Brüste zu präsentieren. Er bewunderte ihre perfekte runde Form, ihre sexy, rosafarbenen Brustwarzen, wie sie sich mit ihr bewegten, während sie auf ihm hin und her schaukelte und ihre Schamlippen spreizte, um ihre Klitoris an seinem Schwanz zu reiben.

Troy brannte innerlich und hatte sich kaum noch unter

Kontrolle. Er war besessen von seinem Verlangen, seiner Liebe zu Anna. Er küsste ihre Brustwarzen, hob sie hoch und hielt sie direkt über seinem Schwanz. Sie nahm ihn wieder in die Hand und streichelte ihn fest, und schließlich erlöste sie sie beide und führte ihn langsam in sich hinein.

Er betrachtete ihr Gesicht, während er in sie eindrang. Ihre Augen waren geschlossen und bewegten sich hinter ihren Lidern, aber ihr Gesicht sprach eine deutlichere Sprache, als er tiefer in sie eindrang. Das Vergnügen war deutlich darauf zu erkennen, ebenso an ihren geöffneten Lippen, auch wenn sie ihr Stöhnen zurückhielt. Sie war heiß und feucht um seinen Schwanz, und jede Bewegung verschmolz mit Troys schier unersättlichem Verlangen nach mehr von ihr. Nichts wäre jemals genug. Und doch drückte er sie noch ein wenig weiter nach unten, sodass seine ganze Länge in ihr steckte, entschlossen, ihnen beiden die größtmögliche Lust zu schenken. Da sie füreinander Gefährten waren, stand ihnen die Ewigkeit offen.

Anna ging das Ganze weniger langsam an. Sie wiegte ihre Hüften, bis sie ihn an der perfekten Stelle in ihrem Inneren hatte, und beide erschauderten bei dieser Empfindung. Dann bewegte sie ihre Hüften, ritt ihn mit absoluter Hingabe und verlor sich in den Forderungen ihres Körpers. Sie zog auch Troy in den Strudel ihrer Liebe mit hinein. Ihre Körper und ihre Seelen vereinten sich und kannten nur noch ein Ziel: Lust zu empfinden und Lust zu schenken.

Wellen der Ekstase durchströmten Troy jedes Mal, wenn Anna sich wieder auf ihn nieder drückte. Ihre Nägel gruben sich in seine Schultern, und der süße Schmerz wurde mit jedem Stöhnen schärfer und brachte sie ihrem Höhepunkt näher und näher. Troy hielt sie eng an sich gedrückt, nicht mehr in der Lage, zwischen seinen und ihren Schreien zu unterscheiden. Ihr Verlangen füreinander fügte sich zu einem Duett zusammen. Ihre Schenkel klatschten jedes Mal gegen seine, wenn sie sich hinunterdrückte, und er kniff sie fest zusammen. Für ihn wurde es immer schwieriger, sich zurückzuhalten.

Ihre Muschi hielt ihn fest und zog sich jedes Mal zusammen, wenn Troy in ihr pulsierte. Sie waren beide so kurz vor dem Orgasmus, dass sie vor Erwartung zu vibrieren begannen. Anna schrie auf, als sie endlich kam, aber Troy hörte nicht auf. Er stieß tiefer und fester in sie hinein und stimulierte ihre empfindlichste Stelle, bis sie sich in ein bebendes, verschwitztes Etwas verwandelte, ihre Arme so fest um Troys Hals geschlungen, dass sie ihn fast erwürgte.

Nachdem sie gekommen war, gab Troy endlich seine Zurückhaltung auf und explodierte in ihr. Alles um ihn herum wurde weiß, so intensiv war das hier: die physische Offenbarung seiner Liebe zu Anna. Er hörte auf, in sie hineinzustoßen, nachdem er sich entladen hatte, und schlang seine Arme um sie, hielt sie einfach nur fest. Sein Drache brüllte unter der Oberfläche, aber er wollte sie nicht verletzen und ließ es nicht zu, dass sich seine Klauen oder irgendetwas anderes von seiner Drachennatur manifestierte. Lediglich sein besitzergreifendes Knurren durfte ertönen.

Anna war in jeder Hinsicht sein. Er ließ sie nicht los, nachdem sie beide gekommen waren. Er zog sie näher an sich heran und genoss es, wie sich ihrer beider Schweiß auf ihren Körpern vereinte. Sie brannte auf seiner Haut wie ein Stern, und er merkte zum ersten Mal seit Jahren, dass er wirklich glücklich war. Nicht nur verliebt, sondern glücklich, als hätte er endlich seinen Platz in der Welt gefunden. Mit Anna war er vollständig, und er hoffte, sie fühlte dasselbe.

Sie rollten sich auf der Couch zusammen, ihre nackten

Körper aneinandergepresst, und Anna stieß einen zufriedenen Seufzer aus.

„Wir könnten einfach hier schlafen, wenn du möchtest", sagte Anna. Ihre Finger strichen leicht über seine muskulösen Arme, die wie eine schützende Barriere zwischen ihr und der Welt wirkten.

„Mmm. Ich vermute, du hast eine bessere Idee?", murmelte Troy. Er streichelte ihre seidenglatten Haare und ihre ebenso weiche Haut.

„Ich möchte noch nicht schlafen." Dennoch gähnte sie kurz darauf. Beide lachten sie. „Ich möchte lieber mehr Zeit mit dir verbringen."

„Ich werde in nächster Zeit nirgendwo anders hingehen. Ich kann morgen die Arbeit sausen lassen, und wir können den ganzen Tag miteinander verbringen."

Anna versuchte, sich aufzusetzen, was etwas schwierig war, da Troy sie so festhielt. Sie löste sich aus dem Gewirr aus Gliedmaßen, und dann küssten sie sich. Die Glutherde des Verlangens von ihrem vorherigen Liebesspiel flackerten wieder in kleinen Flammen auf.

„Das kann ich nicht von dir verlangen." Sie seufzte. „Aber ich wünschte, du tätest es."

„Dann tue ich es."

Sie küsste seine Nase. „Nein, wir werden das schon schaffen. Ich weiß, deine Arbeit ist dir wichtig. Aber es ist noch nicht Zeit fürs Bett. Lass uns aufs Dach gehen."

„Aufs Dach?", fragte Troy und setzte sich ebenfalls auf. „Dort ist es sicher kalt."

„Dafür gibt es doch Kleidung."

Troy küsste ihren Hals und sie gab einen zufriedenen Seufzer von sich, als er mit einer Hand eine ihrer Brüste streichelte.

„Kleidung verdeckt alles Schöne."

„Ich weiß." Sie fuhr ihm traurig über den Bauch. „Aber ich betrachte so gern die Sterne, und die Kälte wird uns wachhalten. Und ich hoffe, dass du mich warmhältst ...“

Widerstrebend lösten sie sich voneinander. Die großen Fenster hätten genug Mondlicht hereingelassen, das das Haus erhellt hätte, wenn die Vorhänge geöffnet gewesen wären. Da sie aber zugezogen waren, war alles im Inneren des Hauses in ein angenehmes Dunkel gehüllt. Troy blinzelte zweimal und erweckte ein wenig von seiner Donnermagie zum Leben, damit er besser sehen konnte und nicht blind durch Annas schönes Zuhause stolpern musste.

Anna tastete nach seiner Hand. „Hast du gerade Magie benutzt?"

„Das hast du gespürt?", fragte Troy, und sie nickte. Er berührte ihre Stirn, sodass auch sie im Dunkeln sehen konnte. Ihre Augen weiteten sich.

„Wow", war alles, was sie hervorbrachte.

Sie umschloss seine Hand und führte ihn zu einem Schrank, aus dem sie zwei flauschige, weiße Bademäntel herausholte, die wie diejenigen aus einem teuren Hotel aussahen. Sie zogen sie an, und dann holte sie aus demselben Schrank ein paar große Decken hervor. Gemeinsam gingen sie in den zweiten Stock ihres Hauses. Am Ende des dortigen Flurs befand sich eine Leiter, die auf das Dach hinausführte.

Obwohl es von unten wie ein perfektes Spitzdach ausgesehen hatte, gab es einen flachen Bereich von der Größe eines kleinen Balkons, der sich an die Dachschräge schmiegte. Hölzerne Pflanzenkübel fungierten als Mäuerchen, aber darin waren keine Pflanzen, zumindest nicht mehr. In einer Ecke stand ein großes, schwarzes Teleskop.

„Du hast es ernst gemeint, als du sagtest, dass du gerne

die Sterne betrachtest", sagte Troy. „Ich bin überrascht, dass hier draußen kein Bett steht."

Sie ließ die Decken auf den Boden fallen und schlang dann ihre Arme von hinten um Troy. „Wenn es dir hier oben gefällt, kann das jederzeit geändert werden. Allerdings passt es nicht durch die Luke, also müssen wir uns was einfallen lassen."

Im Sommer war es hier oben wahrscheinlich noch schöner. Er stellte sich vor, wie sie hier stundenlang herumliegen und entspannen würden, während sie die Gesellschaft des jeweils anderen genossen. In der Ferne konnte er die Skyline von Blackfall ausmachen. Eigentlich waren sie gar nicht so weit weg von der Stadt, aber durch den Höhenunterschied sah sie viel weiter entfernt aus, als sie tatsächlich war. Blaue und graue Streifen zierten den Himmel um die Stadt. Die Sonne war längst untergegangen, aber es war trotzdem ein wunderschöner Anblick.

„Das kriegen wir bestimmt hin", erwiderte Troy und küsste dann jeden ihrer Finger, dann drehte er sich und hob sie hoch.

Sie lachte, und sie ließen sich auf ihr provisorisches Bett aus Decken fallen. Annas Bademantel ging ein wenig auf und enthüllte ihre Brüste und ihren Bauch. Verlangen regte sich wieder in Troy. Er legte sie neben sich, beugte sich nach unten und küsste sie, während er eine ihrer Brüste streichelte. Sie erbebte bei seiner Berührung.

„Ich weiß nicht, ob wir viel Sternguckerei betreiben werden, wenn du keine richtige Kleidung trägst", sagte er. Er kniff ihr in die Brustwarze, was ihr ein Keuchen entlockte. Er hatte schon wieder Lust auf sie, dabei hatten sie ihr vorheriges Liebesspiel erst vor Kurzem beendet. Aber wenn sie noch nicht schlafen wollte, gab es Mittel und Wege, sie müde zu machen ... „Du lenkst mich zu sehr ab."

Anna schlang die Arme um seinen Hals und drückte ihre Brüste in seine Hände. „Ich habe nichts dagegen", sagte sie, „aber bevor du dich zu sehr hinreißen lässt, solltest du dir wirklich die Sterne ansehen."

Troy küsste sie zärtlich und ausgiebig und wollte seine Lippen nicht von ihren lösen, aber er wusste, dass er nichts zu befürchten hatte. Er brauchte sie nicht zu küssen, als wäre es das letzte Mal, denn es würde kein letztes Mal geben. Sie wären für immer vereint. Dafür würde er sorgen. Also zog er sich zurück und legte sich auf den Rücken, schmiegte sich an Anna und zog eine der Decken über sie beide. Er warf einen letzten Blick auf ihr freudestrahlendes Gesicht, dann wandte er den Blick zu dem dunklen Himmel, an dem die Sterne funkelten.

Er war wunderschön, aber Troy konnte sich nichts Schöneres vorstellen als Anna. Niemand konnte ihr das Wasser reichen, nicht einmal die schönsten Elfenmädchen oder die Göttinnen des Himmels. Für Troy gab es niemanden außer Anna.

„Ich weiß nicht viel über die Sterne", gestand Troy nach ein paar Minuten des stummen Betrachtens. Im Augenwinkel sah er eine Sternschnuppe. „Das klingt vielleicht etwas seltsam, wenn man bedenkt, dass ich so viel Zeit am Himmel verbracht habe, durch die Wolken geflogen bin und mich manchmal weit draußen über dem Meer getummelt habe, wo es nichts gibt außer den Sternen über mir und dem Wasser unter mir. Aber ... ich weiß es nicht. Wahrscheinlich habe ich mich mehr für das interessiert, was mir bei meiner Arbeit helfen würde, und Sterne haben einfach nicht dazugehört."

„Ich werde dir alles beibringen, was ich weiß." Anna küsste ihn auf die Wange. „Du bist wirklich so weit geflogen?"

Troy schwieg eine Weile und dachte darüber nach, warum er überhaupt so weit aufs Meer hinausgeflogen war, ohne die Absicht, nach Blackfall oder überhaupt nach Amerika zurückzukehren. „Nachdem wir Schluss gemacht hatten ... ging es mir nicht gut. Ich wusste, dass es meine Schuld gewesen war, weil ich dich das Schlimmste hatte vermuten lassen, anstatt dir die Wahrheit zu sagen. Ich hatte mir selbst eingeredet, dass es nur zu unserem Besten gewesen ist. Es kann gefährlich sein, die Wahrheit über uns und die magische Welt zu erfahren."

„Aber du hast es nicht wirklich geglaubt."

„Letzten Endes, nein. Ich weiß es nicht. Ich hatte damals gedacht, es wäre einfacher, abzuhauen und irgendwo anders neu anzufangen."

Sie schwiegen eine Weile, kuschelten sich aneinander und betrachteten die Sterne. Auch wenn Troy nicht so genau wusste, was er da eigentlich sah, verstand er, warum Anna sie so liebte. Die Sterne hatten etwas Friedliches an sich, etwas so Konstantes. Man konnte sich darauf verlassen, dass sie da waren, egal, was in der Welt um einen herum geschah.

Während sie beide tief in Gedanken versunken waren, klingelte Annas Handy. Sie zog es aus der Tasche ihres Bademantels, schaute stirnrunzelnd auf den Bildschirm und lehnte den Anruf ab. Gerade wollte sie es wieder in ihren Bademantel stecken, als es erneut zu klingeln begann. Als sie ein verärgertes Seufzen ausstieß und den Anruf zum zweiten Mal ablehnte, schaute Troy über ihre Schulter, um auf das Display sehen zu können. Es war dunkel, aber eine Sekunde später leuchtete es wieder auf, mit einem weiteren Anruf von einem unbekannten Anrufer.

Unruhe machte sich in Troy breit. Wer rief Anna so

hartnäckig an, nach 22 Uhr? Ein ungutes Gefühl stieg in ihm auf.

„Wer war das?", fragte er.

Anna erwiderte zunächst nichts. Sie lehnte den Anruf immer wieder ab, aber die unbekannte Nummer rief immer und immer wieder an. Ihre Hände zitterten, und Troy nahm ihr schließlich das Handy ab, obwohl es weiter summte, und ergriff ihre Hände.

„Ich glaube, es ist mein Ex, Matt. Er macht das, seitdem ich mit ihm Schluss gemacht habe. Ich habe seine Nummer blockiert, aber er ruft einfach von einem anderen Telefon aus an. Ich glaube nicht, dass er jemals aufhören wird."

Eine unkontrollierbare Wut stieg in Troy auf. Wer zum Teufel war dieses Arschloch, dass er Anna so bedrohte und belästigte? Auf seiner Party aufzutauchen, sie unablässig anzurufen, sie zu bedrohen ... Das reichte. Troy musste etwas dagegen unternehmen.

Das Handy klingelte wieder, und dieses Mal nahm Troy ab und hielt es sich ans Ohr.

„Hey, was machst du da?", rief Anna.

„Mach dir keine Sorgen. Lass mich das regeln", sagte Troy.

Am anderen Ende der Leitung hörte man ein schweres Atmen, außerdem das leise Geräusch von Grillen. Der Anrufer war draußen, genau wie sie beide. Troy suchte mit seinen Augen den dunklen Wald ab, der Annas Haus umgab, aber er konnte nichts sehen, auch nicht mit seiner Nachtsicht. Sie waren allein, soweit er das beurteilen konnte.

„Hey, du Arschloch. Wenn du Anna nicht in Ruhe lässt oder sie jemals wieder bedrohst, werde ich dafür sorgen, dass du es bereust", sagte Troy. Der Anrufer, vermutlich Matt, blieb bis auf das schwere Atmen stumm. „Hast du mich verstanden? Ich werde diese Spielchen nicht dulden. Wenn ich jemals wieder etwas von dir höre, wirst du dafür büßen."

Am anderen Ende der Leitung ertönte ein irres Lachen, das Troy einen Schauer über den Rücken jagte. Das war ungewöhnlich, denn er bekam in der Regel nie Angst.

„Sie hat sich ganz schön schnell einen anderen gesucht, nicht wahr?", sagte Matt und sog langsam die Luft ein. „Mach dir keine Sorgen. Wenn ich mit ihr fertig bin, wirst du sie nicht mehr wollen."

Dann legte er auf.

Troy nahm das Handy von seinem Ohr und starrte fassungslos auf den Bildschirm. Was zum Teufel hatte das überhaupt zu bedeuten? Er hatte nicht vor, dieses Stück Scheiße auch nur in die Nähe seiner Gefährtin zu lassen. Auf gar keinen Fall. Troy umklammerte das Handy und seine Hand war derart verschwitzt, sodass es fast hinunterfiel.

Bevor es zum Sperrbildschirm zurückkehrte, rief er Annas Anrufliste auf und blockierte Matts Nummer. Wenn sie recht hatte, würde es wahrscheinlich nichts bringen, aber Troy fühlte sich dadurch ein wenig besser. Er reichte es ihr zurück.

„Was hat er gesagt?", fragte Anna. Ihre Stimme zitterte. Sie musste schreckliche Angst haben, und er selbst war rasend vor Wut, dass das geschehen war.

Er kam sich hilflos vor, aber dieses Verhalten war inakzeptabel. Er wollte nicht zulassen, dass Annas Ex sich zwischen sie und Troy stellte. Er suchte den Wald erneut ab und verbesserte seine Nachtsicht mit etwas zusätzlicher Magie, aber er konnte immer noch niemanden sehen. Und doch hatte er das deutliche Gefühl, dass sie beobachtet wurden. Er war sich nicht sicher, ob es nur Matts unheim-

liche Stimme gewesen war oder ob wirklich etwas nicht
stimmte.

„Troy?"

Er zog Anna dicht an sich heran und küsste ihre Wange.
„Ich werde nicht zulassen, dass dieser Kerl frei herumläuft
und dich bedroht. Du musst mich auf dich aufpassen lassen,
wenn ich nicht da bin."

Anna biss sich auf die Lippe. „Wenn du denkst, dass es
etwas bringt."

„Das wird es. Du wirst gar nicht merken, dass jemand da
ist, und niemand kommt in deine Nähe." Troy umarmte sie
fest und ärgerte sich, dass dieses Arschloch eine ansonsten
perfekte Nacht mit Anna ruiniert hatte. „Ich kümmere mich
um diesen Kerl, und dann musst du dir keine Sorgen mehr
um ihn machen. Das wird nicht mehr lange so gehen."

Anna nickte nur und fing an, die Decken zusammenzu-
legen. „Komm, wir gehen rein. Ich glaube, es ist jetzt doch
Schlafenszeit."

13

ANNA

Am nächsten Morgen wachte Anna auf und fand sich beschützt in Troys Armen wieder. Zufrieden atmete sie seinen Duft ein, als sie die Augen öffnete. Sie fühlte sich an seiner Seite trotz der Angst, die ihre Nacht getrübt hatte, sicher und geborgen.

Matt.

Bevor sie schlafen gegangen waren, hatte sie unbedingt wissen wollen, was er zu Troy gesagt hatte, da es ihn so wütend gemacht hatte. Aber wenn es irgendjemanden auf dieser Welt gab, dem sie vertraute, dann war es Troy. Er würde die Sache mit Matt in den Griff kriegen, und alles würde gut werden.

Als Troy anfing sich zu regen, schob Anna alle Gedanken an Matt beiseite und küsste ihn auf die Stirn. „Guten Morgen, mein Schatz", flüsterte sie in sein Ohr und begann dann, daran zu knabbern.

„Mmm ... das ist gefährlich", erwiderte er, legte einen Arm um sie und drehte sie auf den Rücken, sodass sie unter ihm lag. „Du hast die Bestie geweckt ..."

Er drückte sie aufs Bett und legte sich zwischen ihre

Beine. Er nahm ihre Hände und schob sie über ihren Kopf, und dann küsste er ihr Schlüsselbein, was ihr heiße Schauer über den Körper jagte. Sie keuchte, als er an ihrem Hals knabberte. Als er aber mit einer Hand über ihren Bauch strich, knurrte dieser, weil er eine andere Art von Hunger verspürte.

Sie lachten beide und küssten sich wieder.

„Ich glaube, diesmal gewinnt die Hunger-Bestie", sagte Troy. „Komm, ich zaubere uns was."

Er löste sich von ihr, und sie spürte einen Stich der Enttäuschung. Aber sie schob ihn beiseite, weil sie wusste, dass sie viel mehr Spaß haben würden, wenn sie nicht mehr hungrig waren. Sie folgte ihm nach unten in die Küche, wo das morgendliche Sonnenlicht durch die zugezogenen Vorhänge zurückgehalten wurde. Das Haus verfügte über zahlreiche Fensterfronten, und Anna wollte die Morgensonne hereinlassen. Sie amüsierte sich darüber, dass Troy versuchte, etwas in ihrer Küche zu finden, und dabei scheiterte.

„Die Pfannen sind im unteren Schrank zu deiner Linken", sagte sie. Da nun alle Vorhänge geöffnet waren, war das Haus in ein so helles Licht getaucht, dass ihre Augen einige Augenblicke brauchten, um sich daran zu gewöhnen. „Ich weiß, ich verstaue meine Sachen etwas komisch."

„Man sollte meinen, ich hätte mir das gemerkt, aber es ist wohl zu lange her."

Anna lehnte sich gegen den Tresen und warf ihm eine Kusshand zu. „Soll ich dir helfen?"

„Nein, ich schaue mir nur an, was du hast, und lege dann los. Entspann dich einfach."

„Kannst du uns nicht einfach ein paar belgische Waffeln zaubern?"

„Ha. Nein. Vielleicht kann das jemand anderes, aber

Gestaltwandler haben jeweils nur eine Art von Magie. Ich habe nur Donner- und Elektrizitätsmagie, weil meine Mutter diese Art von Drache ist", sagte Troy. Er betrachtete den Inhalt des Kühlschranks und holte Eier, Pilze und Paprikas heraus. „Könnte ein Omelette werden."

„Werde auch ich Magie haben?", fragte Anna und sah ihm zu, wie er das Frühstück zubereitete.

„Darüber habe ich nie nachgedacht. Vielleicht kannst du es lernen. Das müssen wir bald versuchen."

„Das wäre toll. Ich kann mir nicht einmal vorstellen, wie es wäre, Magie zu benutzen ... Das ist für mich etwas komplett Neues."

„Magie ist hauptsächlich Intuition. Es ist aber nichts Ungewöhnliches, dass Menschen über machtvolle Magie verfügen oder auch nur ein paar Tricks lernen können. So habe ich zumindest angefangen."

Die Bratpfanne brutzelte, als Troy zu kochen begann, und Anna lief das Wasser im Mund zusammen. Sie fragte sich, ob es für sie wirklich möglich wäre, Magie zu lernen. Aber mit Troy und seinen Erfindungen würde sie niemals mithalten können. Dennoch wäre es toll, wenn auch sie ihren Beitrag leisten könnte.

„Ich wollte dich schon immer mal was fragen", sagte Anna. „Wie bist du zu deiner Arbeit gekommen?"

Es interessierte sie, weil er früher immer ohne irgendein Wort verschwunden war. Es musste etwas anderes gewesen sein als heute, da er als Abteilungsleiter bei InnoCell arbeitete, einem großen, öffentlich agierenden Unternehmen. Sie misstraute ihm nicht mehr, wie sie es früher getan hatte, sie wollte nur verstehen, wie sein Werdegang gewesen war und wie er zu der Position gekommen war, die er jetzt innehatte.

„InnoCell ist ein relativ junges Unternehmen. Wir

haben erst während des Studiums begonnen, den Grund-
stein dafür zu legen, aber ..."

Anna und Troy sahen beide auf, als ein entsetzliches
Knurren aus dem Garten drang. Ein riesiger Wolf, fast so
groß wie ein Grizzlybär, rannte auf das Haus zu. Anna
schrie auf, als er durch das Fenster sprang, die Scheibe
zersplitterte und auf dem Parkettboden landete. Glassplitter
flog überall herum, und Anna duckte sich hinter den Tresen
und hob die Arme schützend über den Kopf.

Was zum Teufel war hier los? Seit wann gab es hier
Wölfe und noch dazu so große?

Anna zitterte vor Angst. Sie hörte das Knirschen von
Schritten auf dem zerbrochenen Glas und dann Troys
Gebrüll. Gerade rechtzeitig lugte sie hinter der Theke
hervor, um zu sehen, wie sich der Wolf auf Troy stürzte.
Dessen Brustmuskeln spannten sich an, als er mit der Bratpfanne nach ihm schlug, sodass Pilze und Paprika überall
herumflogen. Die Pfanne traf den Wolf mit einem lauten
Knall seitlich am Kopf, bewirkte aber lediglich, dass er
etwas langsamer wurde.

Er knurrte und fletschte die Zähne, biss in die Pfanne
und warf sie beiseite. Troy taumelte nach hinten, wich aber
nicht aus. Stattdessen griff er an! Annas Magen krampfte
sich zusammen, als ihr klar wurde, dass er den Wolf mit
seinen bloßen Händen bekämpfen wollte. Der Wolf sprang
nach vorne und wollte Troy mit seinen Krallen seitlich
aufschlitzen, aber goldene Schuppen erschienen auf dessen
Haut, und die Krallen des Wolfes streiften die undurch-
dringliche Rüstung lediglich.

Er knurrte wütend und schnappte erneut nach Troy.
Doch bevor er sich auf ihn stürzte, drehte er den Kopf und
begegnete Annas Blick. Er heulte auf, wich Troys Fäusten
aus und rannte auf Anna zu. Sie schrie auf und duckte sich

hinter den Tresen, gerade als er nach vorne sprang und genau dort auf den Boden krachte, wo sie kurz zuvor noch gekauert hatte.

Anna kroch weg, und ihr Herz raste. Der Wolf erholte sich und sah sie dann mit zusammengekniffenen Augen an. Kalten, dunklen Augen. Irgendwie kamen sie ihr bekannt vor, auch wenn sie diesen Wolf noch nie in ihrem Leben gesehen hatte. Ein kalter Schauer durchfuhr sie, und sie hatte das Gefühl, als würde ihr gleich schlecht werden, als der Wolf sie angrinste. Sabber tropfte aus seinem Maul.

„Troy!", schrie Anna, als der Wolf näher kam.

Troy war im Nu zur Stelle. Gerade als der Wolf sich wieder auf sie stürzen wollte, sprang er vorwärts, und seine Hände hatten sich bereits teilweise in Krallen verwandelt. Sie gruben sich in die Flanke des Wolfes und fuhren durch sein Fell und sein Fleisch. Als der Wolf versuchte, Anna anzuspringen, scheiterte er. Er wimmerte, als Troy ihn über den Küchenboden zu sich zurückschleifte.

Er schleuderte den Wolf aus dem zerbrochenen Fenster, und dieser purzelte über den Betonboden der Terrasse und schließlich ins Gras. Blutspritzer besudelten den Boden, und Troy bewegte sich vorwärts. Er wurde größer, und ein goldener Schimmer umhüllte seinen Körper. Weitere Drachenschuppen erschienen auf seinen Armen, seiner Brust und seinem Rücken und bedeckten ihn mit einer undurchdringlichen, magischen Rüstung. Hörner sprossen aus seinem Kopf und lederartige Flügel wuchsen aus seinem Rücken. Als er nach draußen trat, begannen sich seine Arme und Beine und sein Oberkörper zu verändern und in etwas nicht ganz Menschliches zu verwandeln.

In einen Drachen.

Anna starrte ihn an. Sie hatte alles von dem, was Troy ihr gesagt hatte, geglaubt. Aber jetzt, da sie sah, wie er sich wirklich verwandelte, stockte ihr der Atem. Er war mächtig, riesig, und ein wenig furchteinflößend. Und wunderschön – und er gehörte ihr.

Der Wolf winselte und bewegte sich von Troy weg. Dieser war immer noch teilweise menschlich, als sich der Wolf wiederaufrichtete und langsam, mit zwischen den Beinen eingeklemmtem Schwanz, zurückwich.

„Ich habe dir doch gesagt", knurrte Troy mit tiefer, unmenschlicher Stimme, „wenn du ihr zu nahe kommst, wirst du es bereuen."

Troy schloss seine Verwandlung ab und schlug mit seinen mächtigen Flügeln. Die Baumwipfel um ihn herum bewegten sich im Wind, und das Gras zu seinen Füßen wurde durchgedrückt. Der Wolf rannte los, aber er hatte keine Chance gegen einen Drachen. Troy hob sich in die Luft und öffnete sein Maul, um seine riesigen Reißzähne zu zeigen. Goldene Energie sammelte sich in seinem Maul und flackerte um seine Reißzähne herum, während sie an Größe zunahmen. Und dann, kurz bevor der Wolf den Waldrand erreicht hatte, sandte er einen elektrischen Strahl direkt auf ihn.

Der Strahl traf den Wolf in die Seite, und er zitterte und brach zusammen.

Troy blieb noch kurz in der Luft, bevor er sich hinunterstürzte, um den gefallenen Wolf mit seinen riesigen Krallen aufzuheben. Aber als er seinen Gegner auf der Terrasse vor dem zerbrochenen Fenster absetzte, war er kein Wolf mehr, sondern ein Mensch.

Anna presste die Hand auf ihre Brust. Sie war nicht von irgendeinem normalen Wolf angegriffen worden, sondern von einem anderen Gestaltwandler. Und als dieser stöhnte, wurde ihr klar, dass sie ihn erkannte. Matt. Sie wandte sich ab, und ihr Atem ging stoßweise. Matt war die ganze Zeit über ein Gestaltwandler gewesen. Kein Wunder, dass er ihr in letzter Zeit solche Angst eingejagt hatte. Kein Wunder, dass er so selbstbewusst gewesen war, als sie versucht hatte, seine Drohungen abzuwehren. Er war ein magisches Wesen und nicht an die gleichen Regeln und Gesetze gebunden wie die Menschen.

Wenn Troy ihn nicht hätte aufhalten können, hätte sie wahrscheinlich nichts gegen ihn ausrichten können.

Troy landete auf der anderen Seite der Veranda, aber er war viel zu groß, sodass Matt keine Chance gegen ihn hatte. Ein schimmerndes Licht umgab ihn wieder, und er legte seine Flügel zusammen, die schließlich zu schrumpfen begannen, genauso wie sein restlicher Körper. Die goldenen Schuppen verschwanden, und stattdessen war wieder Troys leicht gebräunte Haut zu sehen. Er war wieder ein Mensch und kniete im Gras, jetzt völlig nackt.

Er lief zurück zum Haus, sprang über Matts bewusstlosen Körper und zog Anna in seine Arme. Sie zitterte immer noch, aber erst jetzt, da Troy sie an seinen festen Körper zog, merkte sie es.

„Bist du verletzt?", fragte er.

„Nein. Er hat mich nicht erwischt."

Troy küsste sie und drückte sie dann wieder. Sie wollte nicht, dass er sie jemals wieder losließ. Wenn er das täte, dachte sie, würde sie vor Schreck zusammenbrechen, weil sie so viel auf einmal miterlebt hatte. Während sie ihn umarmte, bemerkte sie einen roten Fleck auf seinem Arm. Blut.

„Troy, blutest du?", fragte sie.

„Es ist seines. Mach dir keine Sorgen um mich." Schließlich ließ sie ihn doch los, und er legte seine Hände auf ihre Schultern. „Es tut mir so leid, dass du das mit ansehen musstest. Ich hatte den Verdacht, dass etwas mit ihm nicht

stimmt, aber ich hätte nicht gedacht, dass er ein Gestaltwandler ist. Ich bin nur froh, dass du nicht verletzt worden
bist und dass das hier endlich vorbei ist. Ich werde ihn
fesseln und dann wegschaffen. Ruf die Polizei an, okay?"

Anna nickte. Dazu war sie in der Lage. Während Troy in
der Garage ein Seil holte und Matt damit knebelte, rief sie
die Polizei an und erfand eine halb erfundene Geschichte
darüber, wie ihr geistesgestörter Ex-Freund splitterfaser-
nackt zu ihrem Haus gekommen war, die Glasschiebetür
vom Garten aus zerbrochen und sie und ihren neuen
Freund angegriffen hatte. Sie erklärten sich bereit, sofort
jemanden vorbeizuschicken, und das war's.

Jetzt saß sie am Küchentisch und beobachtete Matt. Er
war immer noch bewusstlos, aber sein Anblick ließ Anna
frösteln, trotz des Pullovers und der Decke, die Troy ihr über
die Schultern gelegt hatte. Es ärgerte sie maßlos, dass Matt
schließlich doch versucht hatte, ihr etwas anzutun. Aber sie
war dankbar, dass Troy hier gewesen war, um das zu verhindern. Sobald man ihn weggeschafft hatte, wäre dieses
Kapitel ihres Lebens für immer vorbei. Und das nächste
würde beginnen, in dem es nur sie und Troy, ihren Gefährten, geben würde.

Er gesellte sich ein paar Minuten später mit zwei Tassen
Kaffee zu ihr an den Tisch.

Sie trank das heiße Getränk in kleinen Schlucken, auch
wenn es ihr ein wenig auf der Zunge brannte. Er gab ihr das
Gefühl, geerdet und lebendig zu sein, und sagte ihr, dass das
hier alles wirklich geschehen und nicht nur ein verrückter
Traum gewesen war. Troy war bei ihr, Matt hatte sie angegriffen, und jetzt war es vorbei.

Anna griff über den Tisch nach Troys Hand. Er legte
seine auf die ihre. „Das war ganz schön viel für einen
Morgen", sagte sie.

„Das sehe ich auch so. Aber ich glaube nicht, dass noch etwas folgen wird ..." Sein Blick begegnete dem ihren, fragend. „Anna, ich liebe dich. Ich weiß jetzt ganz sicher, ohne Zweifel, dass du meine Gefährtin bist, und ich will den Rest meines Lebens mit dir verbringen."

Annas Herz schlug wie verrückt. „Ich liebe dich auch. Ich wünsche mir, wenigstens halb so lange mit dir zusammen zu sein wie deine unsterblichen Eltern."

Beide lachten sie. „Willst du bei mir einziehen?", fragte Troy. „Nach dieser Sache hier würde mich das sehr beruhigen. Ich möchte, dass du in Sicherheit bist."

„Mein Leben muss nicht in Gefahr sein, damit ich bei dir einziehe", scherzte sie. „Alles, was du sagen musst, ist, dass du es nicht erträgst, wieder von mir getrennt zu sein."

Bevor Anna ein weiteres Wort sagen konnte, nahm Troy ihr Gesicht in seine Hände und küsste sie, leidenschaftlicher und heftiger, als er es je zuvor getan hatte. Sie spürte so viel Liebe in ihm und in sich selbst, dass sie wusste, ohne es mit Worten ausdrücken zu müssen, dass sie mit demjenigen zusammen war, für den sie bestimmt war. Und es würde sie nie wieder etwas auseinanderreißen können.

14

TROY

Troy trug die nächste Ladung mit Annas Umzugskartons ins Haus und stellte sie auf den Küchenboden. Ein Monat war vergangen, seit er und Anna beschlossen hatten, dass sie bei ihm einziehen würde, und nun war es endlich soweit. Zwei Arme schlangen sich von hinten um ihn, und die Liebe seines Lebens drückte ihr Gesicht an seine Schulter.

„Auf diesen Kartons steht eindeutig ‚Schlafzimmer‘, mein Schatz", sagte sie.

Troy warf einen Blick auf die Kartons und sah, dass sie recht hatte. „Ich werde sie dort hinbringen, keine Sorge."

„Setz deine Muskeln lieber sinnvoller ein." Sie drückte seinen Bizeps. „Das sind nur Klamotten, die kann ich selbst da hinbringen, wo sie hingehören."

Troy drehte sie herum und küsste sie lange und leidenschaftlich. Sie spielte mit seiner Zunge und kicherte dann, als er seine Arme um ihre Taille schlang. Ihre beiden Körper passten perfekt zueinander, sie war in jeglicher Hinsicht seine andere Hälfte. Hätten seine Freunde Anna

nicht beim Einzug geholfen, hätte er sie wieder herumge-
wirbelt und sie gegen den Küchentresen gedrückt.

Da das jedoch nicht möglich war, genoss er den
Geschmack ihrer Lippen, wie sich ihr Hintern an seinen
Händen anfühlte und ihre Wärme an seinem Körper.

Schritte ertönten hinter ihnen. „Hey, damit solltet ihr
lieber warten, bis ihr allein seid", sagte Evan, jedoch mit
einem Augenzwinkern. Dank seiner Muskelkraft konnte er
jeweils einen Karton und jedem Arm tragen.

Troy und Anna lösten sich voneinander. „Das ist mein
Haus, du Spanner", sagte Troy.

„Ich helfe euch hier und werde dann auch noch zurecht-
gewiesen!", rief Evan und verschwand um die Ecke.

Nun näherten sich Richter und Liam, die Annas Lieb-
lingskommode trugen, ein sperriges, antikes Möbelstück aus
Eichenholz, das ihrer Großmutter gehört hatte, bis sie sich
entschlossen hatte, in ein Altenheim zu ziehen, und es daher
nicht mehr gebraucht hatte. Troy war aufgefallen, dass
Richter in letzter Zeit viel öfter da war. Anders als in der
ersten Jahreshälfte, in der er meistens sonst wo gewesen war.
Es war schön so, und Troy war froh, dass er da war, um Anna,
gemeinsam mit den anderen, wieder neu kennenzulernen.

Obwohl sie Anna genau genommen von damals kannten, als sie und Troy zusammen gewesen waren, wollte er sie
allen erneut vorstellen. Einerseits, weil er wollte, dass sie sie
jetzt, da so viel Zeit vergangen war, neu kennenlernten – sie
alle hatten sich in dieser Zeit so sehr verändert –, und ande-
rerseits, weil er wollte, dass jeder wusste, dass sie seine
Gefährtin war. Es war jedoch mehr als das. Troy und Anna
hatten weitere Neuigkeiten, die sie mit allen gleichzeitig
teilen wollten.

„Das kann gleich nach oben gehen", sagte Troy.

„Natürlich kann es das", sagte Richter. „Hoffentlich ist da Pizza für uns drin."

Sie bewegten sich auf die Treppe zu, wobei sie darauf achteten, nicht mit der Kommode gegen die Wände zu stoßen. Als sie langsam die Treppe hinaufgingen, rief Liam Troy zu: „Und Bier!"

Troy gluckste. „Glaubst du, ich würde euch bitten, uns zu helfen, ohne wenigstens das vorzubereiten? Für was für einen Unmenschen hältst du mich?"

Nachdem Liam und Richter im ersten Stock verschwunden waren, verließ Troy das Haus, um zu sehen, was noch im Umzugswagen war. Dort fand Danny und Michael vor, die neben der letzten Ladung Kartons plauderten.

„Hey, kein Herumlungern während der Arbeit!", rief Troy ihnen zu, gesellte sich aber schnell zu ihnen.

Michael zuckte mit den Schultern. „Wir haben gerade über den neuesten Prototyp des Heilers gesprochen, den du und Mr. Breves neulich eingereicht habt. Das ist Qualität höchster Güte. Dein bestes Werk. Nach unserem letzten Treffen dachte ich schon, du hättest nachgelassen."

„Ich? Nachlassen? Ich habe keine Ahnung, von wem du da redest. Ich wusste schon, dass es mein bestes Werk werden würde." Troy grinste, und Danny lächelte ebenfalls.

„Bescheidenheit ist nicht gerade deine Stärke, hm?", scherzte Danny.

„Was soll ich sagen? Ich bin einfach fantastisch, und Mr. Breves kennt sich aus. Mit ihm an meiner Seite schaffe ich alles. Buchstäblich. Für uns gibt es eigentlich keine Grenzen mehr."

„Wir haben es hier mit zwei verrückten Wissenschaftlern zu tun", sagte Michael. „Sei lieber vorsichtig, was für

Komplimente du ihnen machst, sonst werden dich ihre Egos überrollen."

„Dafür ist es schon zu spät." Troy reckte die Brust. „Du kannst mich jetzt nicht mehr aufhalten. Jetzt aber genug mit den beruflichen Themen. Kommt, lasst uns die restlichen Sachen reinbringen und dann eine wohlverdiente Pause machen. Die Pizza sollte jeden Augenblick geliefert werden, dann können wir jedem ein kaltes Bier aufmachen und es uns gemütlich machen."

Sie schnappten sich jeder einen Karton und trugen sie zurück ins Haus, wo sie die unbeschrifteten Kartons an der Wohnzimmerwand stapelten. Obwohl Anna bei ihm einzog, hatte sie ihr Haus behalten. Sie hatten einige ihrer wertvollen Gegenstände mitgenommen, es ansonsten aber möbliert gelassen. Es würden auch ein paar neue Dinge hinzukommen, sobald sie die Details geklärt hätten, und sie hätten damit ihren eigenen Rückzugsort. Troys Haus war schön, aber es war lediglich ein Reihenhaus in der Stadt. Da er nach Anna keine neue Beziehung hatte führen wollen, hatte es ihm gereicht. Es reichte für ihn und Anna, während sie in der Stadt waren. Und am Wochenende würden sie in ihrem Haus sein.

Anna wartete am Kühlschrank auf sie und hatte bereits für jeden eine eiskalte Flasche Bier auf den Tresen gestellt. Sie nahm sogar eine für sich selbst.

Troy sah sie mit hochgezogener Augenbraue an. „Ich wusste gar nicht, dass du Bier magst."

Gekonnt öffnete sie den Kronkorken und trank einen Schluck. „Mmm, lecker", sagte sie, und ihre Augen funkelten herausfordernd.

Er grinste, schnappte sich eine Flasche und trank sie in einem Zug leer. Aber da war ihre bereits ausgetrunken!

„Ich glaube, unser Troy hat endlich sein Gegenstück

gefunden", rief Danny. Er hob sein Bier, um auf Troy und Anna anzustoßen, auch wenn ihre beiden Flaschen bereits leer waren.

Anstatt den Schaum von seinen Lippen zu wischen, küsste Troy Anna, und gegenseitig leckten sie ihn sich vom Mund. Sie war wirklich die perfekte Partnerin für ihn. Und auch wenn sie schon seit einem Monat wieder zusammen waren, lernte er jeden Tag etwas Neues, wie gut sie zu ihm passte. Wärme durchströmte ihn bei ihrem Kuss, und sein Herz war so voller Liebe für sie, dass er es kaum aushalten konnte. Jeden Tag wurde seine Liebe zu ihr um so viel stärker, dass er dachte, er würde platzen.

„Anna", sagte Michael und streckte eine Hand aus, als sie und Troy mit dem Knutschen fertig waren. „Es ist viel zu viel Zeit vergangen. Ich bin froh, dass du wieder da bist. Ich habe immer gedacht, dass Troy und du gut zusammenpasst."

Troy lachte und zog Anna näher zu sich. „Das sagst du, aber du hast dich drei Jahre lang dagegen gewehrt, was für ein perfektes Paar du und Laurel seid."

„Es ist wohl einfacher, das bei anderen zu erkennen als bei sich selbst, nicht wahr?"

Anna lächelte. „Ich wusste gar nicht, dass du und Laurel zusammen seid. Herzlichen Glückwunsch! Ich freue mich so für dich."

Troy war froh, im Laufe des vergangenen Monats festgestellt zu haben, dass sich Anna und Laurel immer noch so gut verstanden wie vor fünf Jahren. Anna war mühelos wieder ein Teil seines Lebens geworden. Nun ja, abgesehen von dem Vorfall mit ihrem Ex. Aber zum Glück war das Ganze nun abgeschlossen. Er war im Gefängnis und würde dort erst einmal bleiben, wo er weder Anna noch sonst jemandem jemals wieder etwas antun konnte.

„Es ist also offiziell? Ihr seid verheiratet?", fragte Michael und zeigte auf das glückliche Paar, während sie alle ins Wohnzimmer gingen. Anna und Troy setzten sich auf den blauen Sessel, Danny und Michael teilten sich die größere Couch.

„Das ist es", sagte Anna. Sie nahm Troys Hand in ihre und drückte sie. Er schaute in ihre schönen Augen, und je länger er sich darin verlor, desto intensiver wurden seine Gefühle.

„Sieht so aus, als hätten wir ein ganzes Zimmer voller Leute, die ihren Gefährten gefunden haben", sagte Troy, als es ihm endlich gelungen war, die Trance zu durchbrechen, in die er jedes Mal verfiel, wenn er Anna ansah. „Scheint zu schön, um wahr zu sein, dass wir alle so glücklich sind."

„Lass das Liam nicht hören", sagte Danny. „Er ist ein bisschen empfindlich, wenn es um das Thema Gefährten geht."

„Was? Warum?"

„Hoffentlich erfährt Liam nicht, dass du das gesagt hast", meldete sich eine fünfte Stimme im Wohnzimmer. Alle blickten hinüber zu Evan, der kurzzeitig verschwunden war. Er schnappte sich ein Bier von der Theke und gesellte sich zu ihnen ins Wohnzimmer. Er nahm neben Danny und Michael auf der Couch Platz, wo es langsam etwas eng wurde.

„Er sehnt sich nach einer Gefährtin, hatte aber bisher kein Glück", sagte Danny.

„Oh", machte Evan. „Ich dachte, das wäre ihm egal."

„Er grübelt gerne nach", scherzte Troy. „Er braucht jemanden, über den er nachgrübeln kann. Ergibt Sinn."

„Was ist mit dir, Evan? Hoffst du darauf, bald deine Gefährtin zu finden?"

Evan nahm einen Schluck von seinem Bier und zuckte

dann mit den Schultern. „Ich hätte nichts dagegen, aber mir kommt das alles immer noch wie ein Märchen vor, weißt du? Es kommt mir wie ein Zufall vor, dass ihr eure Gefährtinnen gefunden habt. Ich habe es nicht eilig. Ich werde sie finden, wenn die Zeit dafür reif ist."

Troy war froh, dass sein Freund die Dinge so optimistisch betrachtete. Wenn man bedachte, wie schwierig es war, da draußen seine Gefährtin zu finden, durfte man sich nicht unterkriegen lassen. Außerdem waren sie unsterblich. Es war nicht so, dass sie es eilig hatten. Die perfekte Partnerin erschien nicht über Nacht, und bei Troy und Anna war das sicher nicht der Fall gewesen.

„Also, Anna, was treibst du zur Zeit? Es ist so lange her, da müssen wir einiges aufholen", sagte Evan.

Anna sah Troy an, und ihre Wangen färbten sich ein wenig rosa. Troy unterdrückte ein Lachen. In letzter Zeit hatte sie es hauptsächlich mit Troy getrieben.

„Ich habe mein Jurastudium beendet, kurz nachdem Troy und ich uns getrennt hatten", antwortete Anna. „Seitdem habe ich fast nur gearbeitet. Ich führe ein arbeitsreiches Leben."

„Stimmt, es war pures Glück, dass du und Troy auf diese Weise wieder zueinandergefunden habt", sagte Michael.

Schritte polterten die Treppe hinunter, und Liam und Richter gesellten sich zu ihnen ins Wohnzimmer, gerade als der Pizzalieferant an der Haustür klingelte. Liam öffnete sie, und Richter holte jeweils für sich und Liam ein Bier. Dann setzte er sich auf einen der beiden Stühle.

„Puh, das ist erledigt", stöhnte er.

„Hat ja auch lange genug gedauert", sagte Troy. „Dachte, du hättest dich da oben verirrt."

Liam kam mit einem Stapel Pizzakartons zurück und stellte sie auf den Wohnzimmertisch. „Euer Retter ist da", sagte er. Und dann stürzten sich alle darauf und legten ein fettiges, aber leckeres Stück Pizza auf ihre Pappteller.

Nachdem sich alle sattgegessen hatte, streckte sich Liam in seinem Stuhl aus. „Also, was war das für ein Gerede über Gefährten, das ich gehört habe?"

Danny sah ihn finster an. „Wie hast du das alles hören können?"

Liam tippte sich an sein Ohr. „Du vergisst immer, was für ein gutes Gehör ich habe."

Troy war froh, Anna wieder näher an sich heranziehen zu können und das Feuer zwischen ihnen neu zu entfachen. „Es ist offiziell", sagte er. „Anna und ich sind Gefährten. Und jetzt, wo wir alle im selben Raum sind, haben wir euch etwas zu verkünden."

Die anderen Drachen warteten geduldig darauf, dass Troy weitersprach. Er hielt Anna so nah wie möglich an sich gedrückt und genoss ihre Wärme und das beruhigende Gefühl, das sie ihm schenkte. „Wir haben beschlossen, eine offizielle Vermählungszeremonie abzuhalten. Nur etwas Kleines. Sie findet nächsten Monat in Annas Haus statt. Ihr seid natürlich alle eingeladen."

„Juhu! Eine Party!", rief Richter und hob sein Bier zu einem Toast. Alle taten es ihm gleich, und man hörte lautes Klirren und Gelächter.

„Herzlichen Glückwunsch", riefen alle.

Troy und Anna küssten sich, und trotz des Jubels um sie herum gab es für sie nur sie beide. Wärme durchströmte ihn bei ihrer Berührung, und sie saßen einfach nur da, die Arme um den jeweils anderen geschlungen. Sie würden den Rest ihres Lebens miteinander verbringen, also war es für sie keine Frage gewesen, ihre Beziehung offiziell zu machen.

Für sie war die Vermählungszeremonie der erste Schritt in ihr langes, gemeinsames Leben.

15

ANNA

Die Zeremonie fand in aller Herrgottsfrühe mitten im Winter statt. Aber für Anna hatte Troy das ganze Haus und den Garten mit Wärmezauber wohlig warm gemacht. Dank diesem und weiterer magischer Einflüsse für ihren besonderen Tag war ihr Garten zu einem wahren Wunderland geworden. Goldene Blumen rankten sich um die Terrasse, auf der die Zeremonie stattfinden sollte, und Weinreben schlangen sich um die Sitze, auf denen die Gäste darauf warteten, dass Anna zum Altar schritt.

Dort saßen alle Freunde von Troy sowie zwei Überraschungsgäste – seine Eltern –, außerdem Annas Eltern, mit denen sie sich im vergangenen Monat ausgesöhnt hatte, ihre Großmutter, Laurel und Clarissa. Seit Anna herausgefunden hatte, dass sie und Troy Gefährten waren, hatten sich alle Teile ihres Lebens schließlich zu einem Ganzen zusammengefügt. Und hier, bei ihrer Vermählungszeremonie, zeigte sich das zum ersten Mal.

Ihre Freunde und ihre Familie betrachteten sie mit so

viel Liebe. Aber diese war nichts im Vergleich zu der Liebe, die sie in Troy sah. Er stand auf der erhobenen Terrasse und wartete auf sie in seinem schwarz-goldenen Anzug. Darüber trug er einen Mantel aus seinen eigenen, goldenen Drachenschuppen. Annas Kleid passte zu seinem: Es war lang und fließend, elfenbeinfarben und durchzogen von reinem Gold, das es herrlich schimmern ließ. Außerdem waren darin Troys goldene Drachenschuppen eingenäht, und eine jede funkelte wie ein Edelstein.

Sie sah nur Troy an, während sie sich ihm näherte. Er war die Liebe ihres Lebens, das Leuchtfeuer der Hoffnung, das sie vorwärtstrieb. Es hatte eine Menge Fehltritte gebraucht, um an diesen Punkt zu kommen. Aber jetzt, da sie endlich vereint waren, bereute sie keinen davon. All ihre Streitereien mit Troy, ihr Misstrauen und ihre darauffolgende Trennung vor so vielen Jahren – all das fühlte sich an wie aus einem früheren Leben, nicht wie aus diesem. Hier war Anna seine Königin, er ihr König, und sie waren ein Paar. Nichts würde sie mehr auseinanderbringen können.

Seit sie wieder zueinandergefunden hatten, war es, als hätte sich das Band zwischen ihnen wieder gefestigt. Sie fühlte es, wann immer sie mit Troy zusammen war: ein warmes, magisches Gefühl in ihrem Inneren. Das instinktive Wissen, dass sie in Sicherheit war, wenn er bei ihr war, dass sie zwei Hälften eines Ganzen waren. Wann immer sie getrennt waren, rief es nach ihr und zog sie zu Troy, manchmal ganz unbewusst. Und als sie schließlich mit ihm auf der Terrasse stand, verstärkte sich dieses Band auf eine Weise, die Anna nicht einmal ansatzweise beschreiben konnte.

Troy nahm Annas Hände in seine und seine Wärme strömte in sie hinein. Sie sah in seine ozeanblauen Augen und musste sich sehr bemühen, ihre Tränen der Freude zurückzuhalten. Das hier passierte wirklich.

Vor ihnen stand ihre Gestaltwandler-Standesbeamtin, eine junge Frau in einem schwarzen Kleid, die sehr katzenhaft aussah. Sie nickte den beiden zu.

„Liebe ist das stärkste Band von allen", sagte sie, „und die Liebe eines Gestaltwandlers ist noch stärker. Heute haben wir uns versammelt, um Zeugen des stärksten Bandes zwischen einem Gestaltwandler und seiner Gefährtin zu werden, einer lebenslangen Verbindung zwischen Liebenden."

Bei diesem Wort holte Troy eine goldene Kette aus seiner Tasche. Am Ende befand sich eine einzelne Drachenschuppe, aber sie war viel größer als alle anderen, die Anna bisher gesehen hatte, und sie war von einem leichten, goldenen Schimmer umhüllt. „Anna, meine Liebste", sagte Troy und hängte ihr die Kette um den Hals. „Dieser Anhänger wird immer an deinem Körper sein. Du wirst mich immer in deiner Nähe spüren, auch wenn wir getrennt sind, und du wirst mich immer als deinen Beschützer haben."

Anna blinzelte, um nicht in Tränen auszubrechen. Die Halskette war warm, als sie ihre Haut berührte, verzaubert dank einer mächtigen Magie. Sie spürte unverkennbar Troys Energie darin. Als sie ihre Gefühle unter Kontrolle hatte, griff sie in einen Beutel, der in den vielen Falten ihres Kleides versteckt war, und zog einen goldenen Ring heraus, der wie ein geflochtenes Seil aussah.

„Troy, mein Liebster", sagte Anna, „dieser Ring wird mich immer in der Nähe halten, auch wenn wir getrennt sind. Wir sind die Fäden in diesem Seil. Tausend Stränge, die zu einem Ganzen verbunden sind, perfekt füreinander, trotz unserer Unterschiede."

Troy strich über das Gold und steckte den Ring dann an seinen Finger. Auch er nahm einen leichten goldenen Schimmer an. Plötzlich keuchte Anna auf. Etwas tief in ihrem Inneren war explodiert, wie ein Stern, der neu geboren worden war, und sie wurde von dem hellen, allumfassenden Licht der Liebe erfüllt, frisch und vollkommen und neu, wie sie es nie für möglich gehalten hätte. Nach ein paar Augenblicken konnte Anna wieder klar sehen. Zuerst nur Troys Gesicht, umgeben von dem weißen Licht, aber das war alles, was sie brauchte.

Sie küssten sich. Seine Lippen sandten Wärmestrahlen durch sie hindurch, die sich in ihr ausbreiteten, und sie beide vollzogen damit den letzten Schritt ihrer Vermählungszeremonie. Es hatte nur ein kurzer Kuss werden sollen, aber Troy ließ sie nicht los, und Anna wollte das auch nicht. Sie waren wie eine Sonne, eine glühende Flamme, die um ihre Körper flackerte. Und das blieben sie auch, als sie sich wieder auf der Terrasse in Annas Garten wiederfanden.

Anna keuchte, als sie und Troy sich schließlich trennten, und hörte lauten Jubel und tosenden Applaus. In Troys Blick lag ein stummes „Ich liebe dich".

NACH EIN PAAR Stunden des Begrüßens, Plauderns und der Danksagungen hatten Anna und Troy endlich Gelegenheit, miteinander zu tanzen. Es war mittlerweile später Vormittag, und die Sonne bemalte die wenigen Wolken mit goldenen Lichtstreifen. Die Blumengestecke glitzerten wie Sterne und die ganze Zeremonie war das Sonnensystem.

Anna und Troy waren beide nach ihrem aufregenden Tag zu müde, um rasch und schwungvoll zu tanzen, also hielten sie sich einfach gegenseitig fest, und Anna legte den Kopf auf Troys Brust und schloss die Augen. Die sanfte Musik floss durch ihre erschöpften Glieder, und dank Troys beruhigender Ausstrahlung hatte sie das Gefühl, jeden Moment einschlafen zu können.

„Deine Großmutter sah toll aus. Ich bin so froh, dass sie kommen konnte", flüsterte Troy in ihre Haare.

„Ich auch. Sie sagte, sie würde sich das nie im Leben entgehen lassen." Anna schmiegte sich enger an Troy und ließ sich von ihm zum langsamen Takt der Musik führen. „Sie hat gefragt, ob sie in ein Altenheim in dieser Gegend ziehen kann, um näher bei uns zu sein, weißt du."

„Ich hoffe, du hast Ja gesagt. Es wäre gut, sie hier zu haben."

„Ich dachte mir, dass du das sagen würdest. Sie wird umziehen, sobald es wärmer ist." Anna atmete Troys Duft ein, lauschte dem gemächlichen Schlag seines Herzens und spürte das warme Gefährtenband zwischen ihnen. Wenn er bei ihr war, zählte nichts anderes. „Ich hatte nicht damit gerechnet, dass deine Eltern heute hier sein würden."

„Ich auch nicht, aber ich bin froh, dass sie gekommen sind. Ich wollte schon lange, dass du sie kennenlernst."

Anna stützte ihr Kinn auf seine Brust, sodass sie zu ihm aufblicken konnte. „Schon lange? Wir sind doch erst seit drei Monaten wieder zusammen."

„Als wir das erste Mal zusammen waren, damals, bevor es den Bach runterging", erwiderte Troy. Er küsste sie auf den Kopf. „Aber sie sind ständig unterwegs. Heutzutage ist es schwer für sie, sich auszutoben und ein Abenteuer zu finden, wo es überall Handys und Internetverbindungen gibt."

„Ich frage mich, was wir tun werden, wenn wir so alt sind", sinnierte Anna. „Auf den Mond fliegen? Tiefseetauchen?"

„Bestimmt gibt es da etwas ... hmmm, das etwas näher an zu Hause liegt, das wir zuerst erkunden können." Seine Hand rutschte von ihrer Hüfte und wanderte ein Stück weiter nach unten. Ein Schauer der Erregung durchfuhr Anna und weckte sie aus ihrer Erschöpfung auf.

Sie lächelte zaghaft. „Dann fangen wir damit an, die großen Städte Amerikas zu erkunden. Ich wollte schon immer mal nach Florida."

Anna konnte die Belustigung in Troys Augen funkeln sehen, und er küsste sie erneut. Langsam und zart wie ein Wölkchen. Ohne die intensive, brennende Leidenschaft, die sie füreinander empfanden, und doch spürte Anna, wie sie in ihr wuchs. Sie sehnte sich nach ihm. Nein, sie verzehrte sich nach ihm.

Sie leckte sich über die Lippen. „Schlafzimmer. Jetzt."

Troy ergriff ihre Hand und führte sie von der Tanzfläche in Richtung des Hauses. Sobald sie außer Sichtweite waren, hob er sie hoch und trug sie die Treppe hinauf. Sie lachte. „Hey, ich kann allein gehen", rief sie.

„Mhm, aber das wollte ich schon immer mal machen, und es wäre schade, dieses schöne Kleid zu ruinieren", sagte Troy zwischen zwei Küssen.

Als sie ihr Schlafzimmer erreichten, hatte Troy jeden Zentimeter von Annas Gesicht geküsst und war bei ihren Ohren und ihrem Hals angelangt. Sie stöhnte unter dem sanften Druck seiner Lippen, die sie wie eine kostbare Blume behandelten. Ihr ganzer Körper brannte unter seiner Berührung, und sie wünschte sich, er würde sie am ganzen Körper streicheln. Aber das Kleid war lang und unhandlich, und sie musste sich noch etwas gedulden.

Als er sie hinaufgetragen hatte, hatte Anna bereits begonnen, das Oberteil ihres Kleides zu lockern. Es war langwierig und kompliziert gewesen, aber sie hatte es geöffnet, als Troy sie auf dem Boden abgesetzt hatte. Anna trat aus dem Rockteil, um ihre weiß-goldene Unterwäsche zu enthüllen – weiße Strümpfe und Strumpfbänder sowie ein passendes Höschen und BH. Troy war im Nu bei ihr und berührte sie am ganzen Körper.

Endlich war sie das Kleid los und konnte sich seinen Berührungen hingeben. Sie hatte sich danach gesehnt, seit sie es angezogen hatte, und war froh, ihren Körper wieder Troy zur Verfügung stellen zu können. Er fiel vor dem Bett auf die Knie, schob seinen Kopf zwischen ihre Schenkel und küsste und liebkoste sie dort. Anna ließ sich auf das Bett zurückfallen, und ihr Körper bebte vor Erwartung.

Troy schob ihre Beine weiter auseinander und küsste dann ihr Höschen, das eine Barriere zwischen ihm und den darunter liegenden Schätzen bildete. „Entspann dich", sagte er, „und genieße es."

Anna löste die Spannung aus ihren Muskeln und versuchte, sich nur auf Troy zu konzentrieren. Er schob ihr Höschen beiseite und seine Zunge zwischen ihre Schamlippen. Sie keuchte bei diesem Gefühl und vergaß völlig, sich auf dem Bett auszustrecken. Troy fuhr mit der Zunge um ihren Eingang herum, neckte ihre Schamlippen und berührte schließlich ihre Klitoris. Anna zuckte zusammen und schrie auf. Sie fuhr mit den Fingern durch Troys Haare und bemühte sich, im Hier und Jetzt zu bleiben und nicht völlig in die Welt der Ekstase abzudriften, wo sie nicht mehr klar würde denken können. Sie wollte hier bei Troy sein und sich ihm ganz hingeben.

Er nahm ihre Klitoris zwischen die Lippen und

massierte sie sanft. Heiße Wellen der Lust wogten durch sie hindurch, und sie spürte, wie sich ihr ganzer Körper anspannte.

„Genau so", keuchte Anna. Er war so gut in dem, was er machte, dass sie kurz davor war, den Verstand zu verlieren. „Nicht ... nicht aufhören."

Troy bewegte seine Zunge und steckte damit Annas Körper in Brand. Sie bebte vor Lust, und je länger Troy weitermachte, desto schwieriger wurde es für sie, sich zurückzuhalten. Sie spannte sich an, und ihr ganzer Körper kribbelte, bis sie es fast nicht mehr aushielt. Sie schrie auf, aber nicht, weil sie die Kontrolle verloren hatte: Troy hatte einen Finger in sie eingeführt und bewegte ihn in ihr, während er an ihrer Klitoris saugte. Das war einfach zu viel für sie.

Sie erreichte den Höhepunkt, und ihre unkontrollierte Ekstase, die Troy zu gekonnt herbeigezaubert hatte, führte dazu, dass ihr schwindlig wurde. Anna zuckte, keuchte und schrie, und Troy fingerte sie immer noch, hielt die Welle der Lust in Gang und baute sie wieder auf, auch wenn die erste noch nicht ganz abgeklungen war.

Anna zitterte und hatte vollständig die Kontrolle über ihren Körper verloren. Sie genoss es in vollen Zügen. Als das Zittern langsam nachließ, wurde ihr bewusst, dass sie Troys Kopf fest umklammert hielt, und sie lockerte ihren Griff. Er hatte ein zufriedenes Grinsen, als er sich erhob, um sie zu küssen.

„Mmm, so laut warst du noch nie", sagte Troy und ging wieder dazu über, ihren Hals zu küssen. Sie waren noch lange nicht fertig.

„Du bist einfach zu gut", keuchte Anna. Sie versuchte, ihren Kopf zu heben, aber alles drehte sich. Sie schloss die

Augen und atmete tief durch. „Ich frage mich, ob es ... ob es etwas damit zu tun hat, dass wir offiziell vermählt sind."

„Vielleicht."

Troy war mit ihrem BH beschäftigt, den er vorsichtig öffnete und ihr dann abstreifte. Seine Finger glitten über ihre Brust und ihren Bauch, und sie erschauderte. Ihr ganzer Körper war extrem empfindlich, aber auf eine gute Art. Selbst die leichtesten Berührungen gaben ihr das Gefühl, als stünde sie in Flammen. Troys Berührungen waren elektrisierend und luden ihr Verlangen nach ihm immer wieder auf, egal wie oft er sie ausgelaugt hatte.

Er spielte mit ihren Brüsten, und als sie einigermaßen die Kontrolle über ihren Körper wiedererlangt hatte, zog sie ihn aus. Er half ihr mit ihren Strumpfbändern und den Strümpfen, und sie schlüpften zusammen unter die Decke und zogen sie über ihre nackten Körper, um die Winterkälte zu vertreiben.

Troys Schwanz drückte gegen ihren Oberschenkel, und Anna wollte nicht länger warten. Sie war erschöpft, aber auch davon, dass sie zu lange hatte warten müssen, bis er sie wieder vervollständigte. Er knurrte, als er in sie eindrang, ein animalisches Geräusch, das Anna jedes Mal dazu brachte, mehr zu wollen. Sie brauchte ihn voll und ganz und ohne Wenn und Aber. Ihr Rücken krümmte sich, als er tiefer in sie eindrang, und er stieß in sie hinein, rieb ihre Körper aneinander und fügte sie wie Puzzleteile zusammen.

Ströme der Lust durchfuhren Anna mit jeder Bewegung von Troys Hüften, und sie drückte sich gegen ihn, begierig nach mehr. Die Hitze ihrer magischen Verbindung dehnte sich zwischen ihnen aus und durchflutete sie beide. Anna war die glücklichste Frau der Welt, dass sie diesen wunderbaren Mann zum Partner hatte.

„Ich liebe dich", sagte sie und keuchte, als er wieder in

sie eindrang und ihren ganzen Körper in ein Feuerwerk verwandelte. Er füllte sie ganz aus und pulsierte in ihr, und sie wusste, dass er bald kommen würde.

Troy knurrte, beugte sich vor und küsste sie zur Antwort, um ihr seine Liebe zu bezeugen, da es ihm anscheinend die Sprache verschlagen hatte. Er schlang die Arme um ihren Hals und zog sie dicht an sich, und ein elektrisches Feuer knisterte um sie beide herum. Er biss in ihren Hals, als er es vor Lust nicht mehr aushielt, und Anna keuchte überrascht auf, krallte ihre Nägel in seinen Rücken und drückte sich fest an ihn. Er pulsierte in ihr, und seine Hüften hörten auf, sich zu bewegen. Aber Anna bemerkte es kaum, denn ihr ganzer Körper fühlte sich an wie eine Wunderkerze, die Troy gerade entzündet hatte. Sie zitterte und brannte. Sie und Troy brannten zusammen und hielten einander fest – eine Manifestation der Liebe, die sie füreinander empfanden.

Anna blinzelte Troy verschlafen an, und immer noch fühlte sich ihr gesamter Körper an, als stünde er in Flammen, auch wenn sie bereits seit mehreren Minuten regungslos nebeneinanderlagen. Er stöhnte und rollte sich auf die Seite, löste aber seine Arme nicht von ihr. Er hielt sie fest, und sie kuschelte sich an seine Brust und hörte, wie sein Herz an ihrem Ohr pochte. Es schlug genauso wie ihres, schnell und voller Liebe.

„Ich liebe dich auch", sagte Troy schließlich, als er wieder sprechen konnte. „Ich liebe dich jeden Tag mehr, und das werde ich für den Rest meines Lebens."

Er küsste sie auf die Stirn, und Anna stieß einen zufriedenen Seufzer aus. Dann dösten sie zusammen ein, so voller Liebe und Glück, dass es ihnen gar nichts ausmachte, den restlichen Tag zu verschlafen.

ENDE

ÜBER JADA COX

Jada Cox ist völlig vernarrt in diese drei Dinge: ihren zauberhaften Sohn, ihren gut aussehenden Ehemann, der einem Bärengestaltwandler zum Verwechseln ähnlich sieht, und in das Schreiben von Gestaltwandler-Liebesgeschichten. Sie hat das große Glück, dass all diese Dinge Teil ihres Lebens sind! In Jada Cox Büchern wimmelt es von starken Frauen, super-sexy Gestaltwandlern und rasanten Actionszenen. Werfe auch einen Blick in ihre Bücher und tauche ein in diese faszinierende Welt.

Besuche meine Autorenseite auf Amazon und klicke auf "Folgen", um Benachrichtigungen zu Neuerscheinungen zu erhalten.

Für noch mehr Updates, Previews und Angebote besuche und like meine Facebookseite.

BÜCHER VON JADA COX

"Drachen-Schatzinsel" Buchreihe

Eine warme, herrliche Insel voller Edelsteine, Gold und ... heißer Drachen. Ja, das ist der Stoff, aus dem Frauenträume gemacht sind. Diese Drachen bewachen die Insel und ihre Schätze, aber wenn sie die Frau erblicken, für die sie bestimmt sind, haben sie ganz andere Dinge im Kopf: sich zu paaren, sie zu beschützen, koste es, was es wolle – und ein Kind zu zeugen ...

Perlendrache

Golddrache

Saphirdrache

Rubindrache

Diamantdrache

Opaldrache

"Drachen-Milliardärsimperium" Buchreihe

Sechs heiße Drachen, die den Himmel und die Herzen

der Frauen beherrschen ... Willkommen beim Drachen-Milliardärsimperium, wo Geld, Ruhm und Reichtum nur das Fundament für etwas viel Größeres bilden: leidenschaftliche Liebe und magische Gefährtenverbindungen.

Magmadrache
Eisdrache
Donnerdrache
Bergdrache
Schattendrache
Eisendrache

"Villa der Drachen" Buchreihe

In „Villa der Drachen" geht es um sechs super-sexy, muskelbepackte Drachen, die jede Frau dahinschmelzen lassen und andere Männer neidisch machen. Sobald du ihr vor Testosteron triefendes Haus betrittst, ist es um dich geschehen. Also lass dir eines gesagt sein: Geh nie dort hinein. Besonders nicht allein.

Milliardär Drache
Böser Drache
Großer Drache
Dreister Drache
Feuriger Drache
Dominanter Drache

"Elementardrachen" Buchreihe

„Elementardrachen" ist eine Buchreihe mit paranor-

malen Liebesgeschichten über sechs sehr heiße Drachen-
brüder mit ausgeprägtem Beschützerinstinkt, die alles dafür
tun würden, um ihre Seelengefährtinnen vor Unheil zu
bewahren.

Des Drachen Nanny
Des Drachen Baby
Des Drachen Leihmutter
Des Drachen vorgetäuschte Freundin
Die drei Gefährten der Drachin